中华文化丛书

Collection Cultures Chinoises

Serie sobre la Cultura China

Chinesische Kultur für die Welt

中華文化シリーズ   Collection Cultures Chinoises

Chinese Culture Series

Serie sobre la Cultura China   中華文化シリーズ

Chinesische Kultur für die Welt

中华文化丛书

Chinese Culture Series

中华节日

◎李汉秋　熊静敏　谭绍兵 编著

江西出版集团
百花洲文艺出版社

中华文化丛书
ZHONGHUA WENHUA CONGSHU

编辑工作委员会

致 读 者

  中华文化是世界上最古老的文化之一，也是中华民族智慧的结晶。它丰富的内涵，不仅充分表现出以华夏文化为中心的统一性，而且有着非常明显的多民族特点。中华文化的统一性，在中国历史上的任何时刻，即使是在多次的政治纷乱、社会动荡中，都未曾被分裂和瓦解过；它的民族性则表现在中国广袤疆域上所形成的多元化的区域文化和民族文化。而在悠久的历史长河中，随着中外文化交流的频繁，中华文化又吸收了许多外来的优秀文化。它的辉煌体现在哲学、宗教、文学、艺术里，它的魅力体现在中医、饮食、民俗、建筑中。数千年来，它不仅滋养着炎黄子孙，而且对世界其他地区的历史与文化产生了重要的影响。

  在进入 21 世纪的今天，越来越多的人对中华文化产生了浓厚的兴趣。许多国家兴起了学汉语热，来中国的外国留学生也以每年近万人的速度递增。近年来，一些国家还相继举办了"中国文化节"，更多的外国朋友愿意了解、认识古老而又现代的中国。

  为了展示中华民族的优秀文化，促进中华文化与世界各国文化之间的交流，我们策划、编撰了这套"中华文化丛书"（外文版名称为"龙文化：走近中国"）。整套丛书用中文、英文、法文、日文、德文、西班牙文，向中外读者展现了中华文化的丰富内涵。在来自不同领域的百余位专家、学者的笔下，这些绚丽的中华文化元素得到了更细腻、更生动、更详尽、更有趣的诠释。

  整套丛书共分 36 册，从《华夏文明五千年》述说中国悠久的历史开始，通过《孔子》、《孙子的战争智慧》、《中国古代哲学》、《科举与书院》、《中国佛教与道教》，阐述中华民族精神文化的不同基因与思想、哲学发展的脉络；通过《中国神话与传说》、《汉字与书法艺术》、《古典小说》、《古代诗歌》、《京剧的魅力》，品味中国文学从远古走来一路闪烁的艺术与光芒；通过《中国绘画》、《中国陶瓷》、《玉石珍宝》、《多彩服饰》、《中国古钱币》，展示中国古代艺术的绚烂与多姿；通过《长城》、《古民居》、《古典园林》、《寺·塔·亭》、《中国古桥》，回眸中国古代建筑史上的璀璨与辉煌；通过《民俗风韵》、《中国姓氏文化》、《中国家族文化》、《玩具与民间工艺》、《中华节日》，追溯中国传统礼仪、民俗文化的起源与发展；通过《中医中药》、《神奇的中医外治》、《中华养生》、《中医针灸》，领略中国传统医学的博大与精深；通过《中国酒文化》、《中华茶道》、《中国功夫》、《饮食与文化》，解读中国人"治未病"的思想与延年益寿的养生方法；通过《发明与发现》、《中外文化交流》，介绍中国科技发展的渊源与国际交流合作之路。

这套丛书真实地展现了中华文化的方方面面，作者以通俗生动的语言，在不长的篇幅内，图文并茂地讲述了丰富的历史、故事、传说、趣闻，突出知识性、可读性和趣味性，兼顾多国读者的阅读习惯，很适合对中华文化有兴趣的中外大众读者阅读。

参加本套丛书外文版翻译工作的人士，大都是多年生活在海外的华人学者，校译者多为各国的相关学者。在本套丛书出版之际，谨向这些热心参与本项工作的中外人士致以崇高的敬意和感谢。

本套丛书由中国山东教育出版社、中国百花洲文艺出版社和中国湖南科学技术出版社联合出版。2009 年 9 月，中国将作为主宾国，参加在德国法兰克福举办的国际书展。我们真诚地希望，这份凝聚着中国出版人心血的厚重礼物能够得到全世界读者的喜爱。

卢祥之

2009 年 1 月 15 日

■ 踩高跷剪纸

目录

引 言

　　人们常用"像过节一样"形容美好的日子。谁心中没有儿时过节那愉快的情景呢？成人乃至老人许多往事已经如烟，而过节的温馨仍藏在心底，历久不磨。是的，节日是生活长链中闪闪发光的珠宝，是记忆长空中熠熠生辉的星光，它未必给人强烈的震撼，却深深嵌入生活、浸入情感、沁入心田，对人的精神和心理产生潜移默化却是刻骨铭心难于磨灭的影响。过节是人类社会的共同需要和普遍存在的现象，而各个民族的节日又都有自己的民族特色，以无比丰富的多样性，汇成万紫千红的中国节日文化百花园。

1989年联合国教科文组织发表的《保护传统文化和民俗的建议》中说："民俗是构成人类遗产的一部分，是将不同人和社会团体聚到一起并标明其文化身份的一种强有力的手段。"到2001年又发表《世界文化多样性宣言》，说："全球化进程对文化多样性是一种挑战……（我们）负着保护和促进丰富多彩的文化多样性的特殊职责。"

　　中华民族传统节日作为民俗的重要部分，作为生活形态的中华传统文化，理应得到重视和保护，她可以使世界文化百花园丰富多彩绚丽璀璨。

◀《清明上河图》局部
（宋·张择端）

■ 春节供祖图

绪　说

　　中国现行的节日，有按公历（阳历）计的元旦、三八国际劳动妇女节、五一国际劳动节、五四青年节、六一国际儿童节、七一中国共产党建党纪念日、八一建军节、十一国庆节；有按农历（阴历）计的传统节日和植根于传统文化和风俗的人伦主题节日，如中国年（春节）、元宵节、清明节、中华母亲节、端午节、七夕节——中华情侣节、中秋节、中华教师节、重阳节——中华敬老节。本书只介绍传统节日和植根于传统文化和风俗的人伦主题节日。

　　中华民族历史悠久，传统的岁时年节体系萌芽于先秦时期；成长于秦汉魏晋南北朝时期；定型于隋唐两宋时期；元明清时期又有重大发展，并一直延续至今。她不仅影响今天的生活时间表，而且也成为外国人了解中国的重要窗口。

　　中华传统节日顺天时而成俗，形成于农业文明时期。人类在自然条件下进行生产活动，与季节、物候、天文等自然现象和规律关系非常密切。传统年节体系兼顾太阳、月亮与地球、人类的关系，同农耕社会民众劳逸结合

中华文化丛书
ZHONGHUA WENHUA CONGSHU
中华节日

▼ 迎新春（剪纸）

1

的需要相适应，依照自然节奏，适应气候周期的规律，形成时间框架：中国年是自然时序更新的一个周期，隆冬休闲之后，一元复始万象更新，燃起新的希望。元宵节是过年的压轴大戏，狂欢热闹一番就投入新的劳作。清明时节春意盎然生机勃发，在春播春种之时感谢先人和大自然赐给生命和生机。端午节天气渐热，百虫孳生，及时送灾驱疫、健身保平安。七夕节银汉秋光，瓜果成熟在望，爱情也充满期望。中秋节秋收欢悦，祈愿人月两圆。九九重阳，阳盛而转阴，惜秋敬老，万寿无疆。这个年节体系，盖以自然节气的规律性变化为依托，宛如一幅自然节候的流程图。这是在天人合一的宇宙观下人与自然融为一体、充溢天人之情的民族生活时间表。

中华传统节日在天人和谐的主导观念中氤氲化育而成。中国传统文化认为，人类是大自然所化生的，人是自然界的一部分；几十万年的阴阳转化孕育了人类，人身上印证着大自然的密码，人类和自然界有统一性。两千多年前的《易传》中提出："夫

地坛庙会 ▶

2

大人者，与天地合其德，与日月合其明，与四时合其序……"
"人"要与"天"、"地"的"四时合其序"，要相互适应，相互
协调。中华传统节日基本上是按天人和谐的精神设立的，与大
自然的节律相适应。"节"是天地时气的交合之处，是"天"、"地"
"日"、"月"的节奏，那么，也应当是"人"的节奏，是连通自
然节律与人生节律的"节点"。大自然有阴阳，人也要讲究阴阳
的消长平衡。这种理念明显地体现在传统节日体系的形成之中。

中华传统节日，感自然节律而起，孕人文精神而丰。它从
历史长河中走来，不断融入人文内涵和富有人文精神的故事传
说。清明前为什么"寒食"呢？传说是为了纪念介子推。他功成
不受赏，被烧死前还劝君主为政要清明，所以他被火烧的时日人
们要禁火、冷食，以示纪念。端午节为什么赛龙舟、吃粽子呢？
传说这是为了纪念屈原。他人格高洁、不忍国家沦亡而赍（jī）志
沉江，龙舟竞发和包粽子都是为了救屈原或祭屈原。七夕观银河
两岸的牵牛、织女星宿，产生了牛郎织女忠贞不渝的爱情故事。

中秋赏天上圆月，产生了"嫦娥奔月"、"吴刚伐桂"、"玉兔捣药"的美丽传说。

中华传统节日是中华文化的结晶和载体。中华民族在几千年的文明传承中形成的传统年节体系，凝结着中华民族的民族文化、民族精神、民族情感，已经成为民族生活、民族灵魂、民族根基的有机组成部分；积淀着中华文化的价值取向和理想追求；凝聚着中华文明的精华，是中国人的自然观、哲学观、伦理观、审美观、爱情观的体现。

中华传统节日体现着中华民族的和谐理念与道德理想。其体系的形成兼顾太阳、月亮、地球的运行规律，包含着天文、气象和物候的知识，体现了适应自然节奏、人与自然和谐的自然观，体现了天人合一、重视阴阳平衡、顺应自然而又有所作为的哲学观。节日活动因时制宜，过年迎新、元宵极欢、清明踏青、端午备夏、七夕观星、中秋赏月、重阳玩秋：亲近自然，感激自然，爱护自然，融入自然，万物共融，与大自然的节律保持一致，与生态环境保持和谐。同这种自然观相协调，形成人与社会和谐的社会观。在节日里，通过礼节和仪式，营造普天同乐、与人为善的和谐人际氛围，骨肉情深、天伦乐融的和睦家庭关系，体现人与人和谐的人际观、伦理观。传统节日所蕴涵的和谐理念与道德情操，是构建和谐社会、和谐世界应当借助的巨大的文化资源。

中华传统节日是民族生活中的典礼和仪式，是民族情感的黏合剂。"每逢佳节倍思亲"，其中充盈着亲情情结、敬祖意识、寻根心理、报本观念。她最容易唤起对亲人、对家庭、对故乡、对祖国的情感；唤起对民族文化的记忆、对民族精神的认同；唤起同宗同源的民族情、文化同根性的亲和力，理所当然地受到全世界华侨、华人的喜爱。一个人、一个民族对自己故乡、故土、亲人、民族历史的记忆和追思，无疑是精神家园的重要组成部分。发展好传统节日，显然有利于培育民族情感、增强民族团结，有利于建设中华民族共有的精神家园，有利于祖国统一大业和中华民族的伟大复兴，从而对世界大家庭作出更大的贡献。

◀ 春节年画

除舊佈新

旗人过年（清）

中国年——春节

春节是中国最盛大、最热闹的一个古老传统节日，是农历的岁首，俗称"过年"。按照中国农历，正月初一古称元日、元辰、元正、元朔、元旦等，俗称"年初一"，还有上日、正朝、三朔、三朝、三始、三元等别称，意即正月初一是年、月、日三者的开始。春节还是一个与亲人团聚的节日，这一点和西方的圣诞节很相似。

华人的精神家园

中华文化 丛书
ZHONGHUA WENHUA CONGSHU
中华节日

▼ "春运"高峰

2008年2月3日，久雨初霁，久违的太阳终于露了面。上午10时20分左右，十几辆摩托车或载着沉重的行囊，或载着妻儿通过福建省龙岩市新罗区境内的国道319线坂寮岭隧道收费站。他们除了穿着厚厚的御寒衣服戴着头盔外，有不少人还穿着雨衣，甚至个别的还用塑料袋把双脚包了起来，返乡的兴奋与长途跋涉的疲惫同样明显地写在他们的脸上。

"春运"高峰 ▲

几位交警见这些人风尘仆仆，立即示意他们进入休息点休息。

这些人是来福建打工的江西籍农民工。如果按中国农历计算，2月3日已经到一年中的最后一个月——腊月的二十七，再有三天就是中国农历新年——春节了。为了回家过年，他们不顾寒冷和旅途的辛苦，疾驰在返乡的路上。在这里巡查的龙岩市交警支队直属大队副大队长说到，近几年，来福建省打工的江西籍农民工骑摩托车返乡过年的越来越多，尤其是今年雨雪天气给往江西方向的铁路、公路客运带来了不小的影响，致使更多的江西籍农民工骑摩托车返乡。"虽然我们这里没有下雪，但考虑到骑摩托车长途跋涉极易疲劳，我们就在新罗的坂寮岭和小池设立了两个长途返乡摩托车驾驶员休息点，提醒他们注意行车安全，确保平安返乡。"副大队长说。"我是从泉州过来的，今天早晨四点钟就出发了，顺利的话，明天中午之前能赶回南昌老家吃饭，这段路差不多有九百公里吧。还好，一路上都有交警提醒我们下来休息，安全不太担心。"休息点里，江西南昌籍农民工的一席话让人吓了一跳。"驾车行驶九百公里都很累了，何况是骑摩托车。"几位交警都发出这样的感慨。

如果有一双俯视尘寰的眼睛，一定会为这样的情景动情：每天都有数以千计的人骑着摩托车，在寒风冷雨中，不辞辛劳、不远万里地奔赴一个灯光温暖，叫做"家"的地方，为了一个同样的目标——回家过年。

春节回家过年造就了特殊的客流高峰期——"春运"。春节前后，学生流、民工流、探亲流集聚重合，形成客运洪峰。有关部门预测，2008年"春运"，全国旅客运量达到18.9亿人次。

"春运"被誉为人类历史上规模最大的、周期性的人类大迁徙。在春节前十五天、节后二十五天的四十天左右时间里，有二十多亿人次的人口流动，占世界人口的三分之一，这种奇特的景象成为中国年恢弘的乐章！新加坡《联合早报》报道，在海外华人社区，不同规模的过年返乡潮也同样存在。如此无怨无悔地迎风踏雪、义无反顾地回家过年，展现了中华文化中令人敬佩和感动不已的精神力量。这种不变的精神价值，它的名字就叫"回家过年"。无论男女老幼，无论富足抑或贫弱，春节，牵动着每一个中国人的心，再也没有比春节更令中国人沉醉的节日了，再也没有比春节令更多中国人参与的节日了。现代信息化社会，缤纷的世界让人眼花缭乱，但是能令十几亿人在同一时刻想同一件事、做同一件事的日子就是中国的春节。几千年了，即使历史已经久远，即使仪式千变万化，但是那渗透到中国人骨子里的年俗文化，就像人们无法选择自己的生身父母一样，无法拒绝、一代又一代地被承接下来。

说到这里，一定有人要问中国年是怎么来的？

中国年天长地久

地球上时序更新的周期大约三百六十多天，中国人很早就领悟了这一周期，使它成为自己生活的周期——年。一年三百六十多天周而复始，这是人们在生产和生活中的一个自然段落。中国人隆重地举行仪式来辞旧迎新，年复一年积累成"过年"的习俗。中国人过年，据记载已有四千多年的历史。

相传，在古代的时候，有个名叫"万年"的青年，看到当时节令很乱，弄得庄稼人无法种田，就有了想把节令定准的打算，但是苦于找不到计算时间的方法。一天，他上山砍柴累了，坐在树荫下休息，树影的移动启发了他，他设计了一个测日影计天时的晷（guǐ）仪，测定一天的时间。后来，山崖上的滴泉启发了他的灵感，他又动手做了一个五层漏壶，用来计算时间。天长日久，他发现每隔三百六十多天，四季就轮回一次，天时的长短就重复一遍。

当时的国君叫"祖乙"，也常为天气风云的不测感到苦恼。万年知道后，就带着日晷和漏壶去见皇上，对祖乙讲清了日月运行的道理。祖乙听后非常高兴，感到有道理，于是把万年留下，在天坛前修建日月阁，筑起日晷台和漏壶亭，并希望能测准日月规律，推算出准确的晨夕时间，创建

民国阴阳合历 ▶

历法，为天下的黎民百姓造福。就这样，万年在日月阁中，每天仔细观察草木麦菽的荣枯。冬去春来，年复一年，万年经过长期观察，精心推算，制定出了准确的农历。那年，祖乙到天坛行祭，祭罢天神，又登上日月阁。万年献上农历，祖乙望着日夜操劳的万年，眉白了，须也白了，深受感动，就把农历定名为"万年历"，还封万年为"日月寿星"。因此，每到过年时，人们在屋里挂上寿星图，象征新岁添寿，也是对功高德重的万年寄以怀念之情。

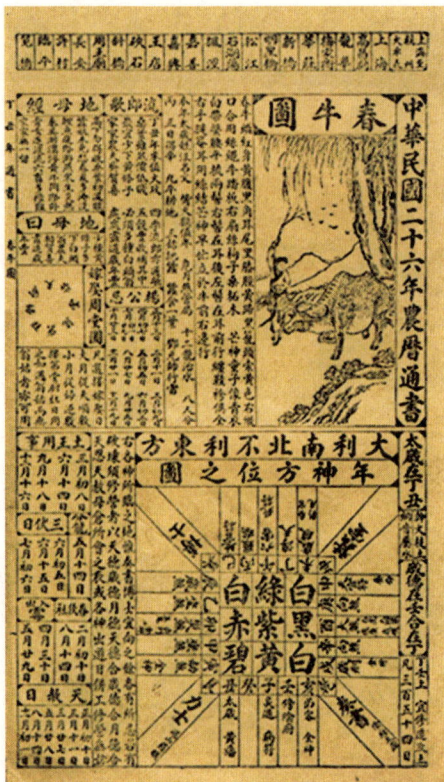

◀ 皇历

中国是个古老的农业国，从这些传说当中，人们能够了解"中国年"的起源和农业生产及推算年、月、日的历法密不可分。"年"与作物生长的周期性和人类生产劳动的周期性相关。庄稼得到好的收成，人们不免要庆祝一番，久而久之，就成为一个节日。据文献记载，早在尧舜时代，就有欢庆丰收、喜迎岁首的习俗。西周初年（公元前1046年），已经有了一年一度的在新旧交替之际人们聚集在一起庆祝丰收和祭祀祖先的风俗活动，可以认为是"年"的雏形。到汉朝汉武帝时，为了让历法定型不至错乱，创立并实行了"太初历"，以夏历的孟春之月（即现今的农历正月）为岁首，一直沿用至清末。"年"节，作为中华民族最隆重的节日，也因此以固定的日子沿袭下来，俗称"过年"。

直到中国近代辛亥革命胜利后，规定在政府机关、厂矿、学校和团体中实行公历，并决定以公元1912年1月1日为民国元年1月1日。1月1日称为"新年"。1949年9月27日，中国人民政治协商会议第一届全体会议决定在建立中华人民共和国的同时，采用世界通用的公元纪年。为了区分公历和农历两个"年"，又因一年二十四节气之一的"立春"恰在农历年的前后，故把公历1月1日称为"元旦"，俗称"阳历年"；农历正月初一正式改称为"春节"，俗称"阴历年"。"春节"这个名称正式列入中国节日法典。

地球绕太阳一周，历法上称为"一年"。中国人根据春、夏、秋、冬四季节气的不同，以农历正月初一为一年的岁首。每年农历十二月三十日（小月二十九）半夜子时（十二点）过后，"年"节就算正式来到了。中国最早的诗歌总集《诗经》记载，每到农历新年，农民喝"春酒"，祝"改岁"，尽情欢乐，庆祝一年的丰收。到了晋朝，还增添了"放爆竹"的节目，即燃起堆堆烈火，将竹子放在火里烧，发出噼噼啪啪的爆竹声，使节日气氛更浓。到了清朝不仅放爆竹，还要张灯结彩，送旧迎新的活动更加热闹。

　　"年"节的活动形式丰富多彩，带有浓郁的民族特色。几千年相传至今的过年风俗对当代年轻人有着神秘的光艳，我们不妨看看是什么样的呢？

年俗吉祥和谐

　　年到底有多长？"过个大年，忙乱半年。"古人从腊月开始忙"年事"，一直到过了元宵节，这年才算过完了。让我们来听一首《年节歌》：二十三祭灶天，二十四写联对，二十五做豆腐，二十六割年肉……初一初二磕头儿，初三初四耍球儿，初五初六跳猴儿……

◀《新年吉庆》年画（清）

虽说中国的春节是农历一年开始的日子，可是自古以来人们过年，却是从春节前的一个月，就是农历最后的一个月（称为"腊月"）就开始了，"年"节的习俗这里只能介绍其中的一部分。

扫尘　"腊月二十四，掸尘扫房子。"据战国末期的百科全书《吕氏春秋》记载，中国在尧舜时代就有过年扫尘的风俗。按民间的说法：因"尘"与"陈"谐音，新年扫尘有"除陈布新"的含义，其用意是要把一切穷运、晦气统统扫出门。这一习俗寄托着人们破旧立新的愿望和辞旧迎新的祈求。每逢春节来临，家家户户都要洒扫房间庭院，清洗各种器具，拆洗被褥窗帘，掸拂尘垢蛛网，疏浚明渠暗沟，到处洋溢着干干净净迎新年的欢乐气氛。

春联 ▶

贴春联　春联也叫"门对"、"春贴"、"对联"、"对子"、"桃符"等。它以工整、对偶、简洁、精巧的文字抒发美好的愿望，展现时代背景，是中国特有的文学形式。每逢过年，无论城市还是农村，家家户户都要精选一副大红春联贴于门上，为节日增添喜庆气氛。这一

此中國貴春之圖也此係能寫大字之人年底無事用卓一張俯下紙筆墨硯沿街擺攤書寫對聯賣之

▶ 卖春联图

习俗起于宋代，在明代开始盛行，到了清代，春联的思想性和艺术性都有了很大的提高。

春联的种类比较多，依其使用场所，可分为门心、框对、横披、春条、斗方等。"门心"贴于门板上端中心部位；"框对"贴于左右两个门框上；"横披"贴于门楣的横木上；"春条"根据不同的内容，贴于相应的地方；"斗方"也叫"门叶"，为正方菱形，多贴在家具、影壁中。在贴春联的同时，一些人家要在屋门、墙壁、门楣贴上大大小小的"福"字。过年贴"福"字，也是中国民间由来已久的风俗。"福"字指福气、福运，寄托了人们对幸福生活的向往，对美好未来的祝愿。为了更充分地体现这种向往和祝愿，利用"倒"和"到"的谐音，有的干脆将"福"字倒过来贴，表示"幸福已到""福气已到"。民间还有将"福"字精描细做成各种图案，图案有寿星、寿桃、鲤

《天官赐福》▶

鱼跳龙门、五谷丰登、龙凤呈祥等。在民间人们还喜欢在窗户上贴上各种剪纸——窗花。剪纸不仅烘托了喜庆的节日气氛，也集装饰性、欣赏性和实用性于一体。剪纸在中国是一种很普及的民间艺术，千百年来深受人们的喜爱，因为它大多数是被贴在窗户上的，所以也被称为"窗花"。窗花以其特有的概括和夸张手法将吉事祥物、美好愿望表现得淋漓尽致，将节日装点得更为富丽。

贴年画 春节挂贴年画在城乡也很普遍，浓墨重彩的年画给千家万户增添了许多兴旺欢乐的喜庆气氛。年画是中国的一种古老的民间艺术，反映了人民朴素的风俗和信仰，寄托着人们对未来的希望。年画，也和春联一样，起源于"门神"。随着木版印刷术的兴起，年画的内容已不仅限于门神之类单调的主题，而变得丰富多彩。在一些年画作坊中产生了《福禄寿三星图》、《天官赐福》、《五谷丰登》、《六畜兴旺》、《迎春接福》等经典的彩色年画，以满足人们喜庆祈年的美好愿望。中国年画的三个重要产地是：苏州桃花坞、天津杨柳青和山东潍坊，形成了中国年画的三大流派，各具特色。

贴门神　就是农历除夕贴在门上的一种画，可以说最早的年画题材是门神，画的是神话传说中的人物神荼、郁垒。古时人们把神荼、郁垒的神像贴在门上，这是民间信仰的守卫门户的神灵，用以驱邪辟鬼，卫家宅，保平安，助功利，降吉祥等。人们除了画神荼、郁垒的神像，也在门上画虎。老虎为百兽之王，"故画虎于门，鬼不敢入"，这种信仰一直流传至今。后来，除夕之时人们不仅在门上贴画有神荼、郁垒二神与虎的画，画中神人还出现钟馗、秦琼、尉迟恭的形象等。还有的地方将门神分为三类，即文门神、武门神、祈福门神。文门神即身着朝服的文官，如天官、仙童、刘海蟾、送子娘娘等；武门神即武官形象，如秦琼、尉迟恭等；祈福门神即福禄寿三星。这些门神虽出现的时间区域背景不尽相同，但至今都被人们普遍信仰，其中影响最深的要数神荼、郁垒、钟馗、秦琼、尉迟恭了。在中国古典小说四大名著之一的《西游记》里讲述了这样一个故事：有一次，唐朝的唐太宗生病了，整天做梦听见鬼叫，无法安睡。第二天告诉群臣后，大

▼ 门神

17

将秦叔宝和尉迟恭就全副披挂，仗剑执锏，在宫门把守了一通宵。这一夜，唐太宗睡得很好，没有梦见鬼。唐太宗为了以后睡觉都能安宁，又不忍心让两位老将夜夜守在宫门侍立，就命画师画了秦叔宝和尉迟恭两人的像，悬挂在宫门两边，久而久之，上行下效，两人的画像就成了"门神"。

钟馗捉鬼的故事，在中国民间赫赫有名。钟馗捉鬼是怎么回事呢？话说有一年唐明皇从骊山校场回宫，忽然患了重病，御医们费尽心思，忙活了一个多月也不见好转。一天深夜，唐明皇梦见一个牛鼻子小鬼，身穿红衣，一只脚穿靴，一只脚光着脚丫，靴子挂在腰间。这个小鬼偷偷地盗走了杨贵妃的紫香囊和唐明皇的玉笛。唐明皇见了大怒，大声呵斥。这时突然出现了一个大鬼，头顶破帽，穿蓝袍，束角带，一下捉住了小鬼，用手指剜出两眼球，然后把小鬼撕成两半吃掉了。唐明皇忙问大鬼是谁，大鬼原来就是钟馗，陕西终南山人，少年

《钟馗镇宅》（清）▶

时才华出众，曾赴长安参加武举考试，仅因为相貌丑陋没有中举，于是一头撞死在殿阶上，死后成为"鬼王"，誓除天下恶鬼妖孽。唐明皇大梦醒来，重病霍然痊愈，于是召大画家吴道子依梦中所见，画一张"钟馗捉鬼"图。图画好后，唐明皇瞪着眼睛看了半晌，说道："莫不是先生跟我一块做梦来的？画得怎么这样像！"马上重赏了吴道子，并将此画悬于后宰门，用以镇妖驱邪。由于唐明皇的大力推崇，确立了钟馗"头号打鬼门神"的地位。

守岁　就是在旧年的最后一天（除夕）夜里，一家老小通宵不寝，围坐炕头，叙旧迎新，互相鼓励，以待天明。熬夜迎接新的一年到来的习俗由来已久，也称"除夕守岁"，俗名"熬年"。探究这个习俗的来历，在民间流传着一个有趣的故事：太古时期，有一种凶猛的怪兽，散居在深山密林中，人们管它们叫"年"。它形貌狰狞，生性凶残，专食飞禽走兽、鳞介虫豸，

19

一天换一种口味，从磕头虫一直吃到大活人，让人谈"年"色变。后来，人们慢慢地掌握了"年"的活动规律，它是每隔三百六十五天窜到人群聚居的地方尝一次口鲜，而且出没的时间都是在天黑以后，等到鸡鸣破晓，它们便返回山林中去了。算准了"年"肆虐的日期，人们便把这可怕的一夜视为"关口"来煞，称作"年关"，并且想出了一整套过年关的办法：每到这一天晚上，每家每户都提前做好晚饭，熄火净灶，再把鸡圈牛栏全部拴牢，把宅院的前后门都封住，躲在屋里吃"年夜饭"，由于这顿晚餐具有凶吉未卜的意味，所以置办得很丰盛，除了要全家老小围在一起用餐表示和睦团圆外，还须在吃饭前先供祭祖先，祈求祖先的神灵保佑，平安地度过这一夜。吃过晚饭后，谁都不敢睡觉，挤坐在一起闲聊壮胆。这样就逐渐形成了除夕熬年守岁的习惯。

人们点起蜡烛或油灯，通宵守夜，象征着把一切邪瘟病疫照跑驱走，期待着新的一年吉祥如意。这种风俗被传承下来至今。

拜年　新年的初一，人们都早早起来，穿上最漂亮的衣服，打扮得整整齐齐，出门去走亲访友，相互拜年，恭祝来年大吉大利。拜年的方式多种多样，有的是同族长者带领若干人挨家挨户地拜年；有的是同事相邀几个人去拜年；也有大家聚在一起相互祝贺，称为"团拜"。由于登门拜年费时费力，后来古人中一些士大夫便使用"名帖"相互投递，由此发展演变成后来的"贺年片"。中国使用贺年片已有一千多年的历史，宋代宫廷、官府中送"拜年帖"的风气极盛；到了明代，年节投递恭贺年帖蔚然成风，并开始广泛流行于民间。古时"拜年"一词原有的含义是为长者拜贺新年，包括向长者叩头施礼、祝贺新年如意、问候生活安好等内容；遇有同辈亲友，也要施礼道贺。拜年一般从家里开始。初一早晨，晚辈起床后，要先向长辈拜年，祝福长辈健康长寿，万事如意。长辈受拜以后，要将事先准备好的"压岁钱"分给晚辈。在给家中长辈拜完年以后，人们外出相遇时也要笑容满面地恭贺新年，互道"恭喜发财"、"四季如意"、"新年快乐"等吉祥的话语，左右邻居或亲朋好友也相互登门拜年或相邀饮酒娱乐。拜年时，长辈可将事先准备好的压岁钱分给晚辈。据说压岁钱可以压住邪祟，因为"岁"与"祟"谐音，晚辈得到压岁钱就可以平平安安地度过一岁。压岁钱有两种，一种是以彩绳穿线编成龙形，置于床脚，此记载见于富察敦崇的《燕京岁时记》；另一种是最常见的，即由长辈用红纸包裹分给孩子的钱。压岁钱可在晚辈拜年后当众赏给，亦可在除夕

◀ 拜年童子

夜孩子睡着时，由家长悄悄地放在孩子的枕头底下。现在长辈为晚辈分送压岁钱的习俗仍然盛行。

拜年是中国民间的传统习俗，是人们辞旧迎新、相互表达美好祝愿的一种方式，也是人们利用年节假日，交流联络感情，不断增强团结的一种手段，同时蕴涵着亲友之间和睦相处的良好愿望。

放爆竹　中国民间有"开门爆竹"一说。即在新的一年到来之际，家家户户开门的第一件事就是燃放爆竹，以噼噼啪啪的爆竹声除旧迎新。爆竹为中国特产，亦称"爆仗"、"炮仗"、"鞭炮"。其起源很早，至今已有两千多年的历史。现在人们一般都认为放爆竹可以创造一种喜庆气氛，是节日的一种娱乐活动，它可以给人们带来欢愉和吉利。然而，如果我们追溯爆竹的起源，从古代文献记载中就会了解，爆竹在古代是一种驱邪除瘟的音响工具。古代的时候，人们途经深山露宿，晚上要点篝火，一为煮食取暖，二为防止野兽侵袭。可是山中有一种动物既不怕人又不怕火，经常趁人不备偷吃东西。人们为了对付这种动物，就想起在火中燃爆竹，用竹子的爆裂声使它逃跑到远处。这里所说的动物，名叫"山臊"。古

放爆竹 ▼

竹报平安

人说这是使人得寒热病的鬼魅,吓跑山臊,即驱逐瘟邪,才可得吉利平安。到了唐初,有一年瘟疫四起,有个叫"李田"的人,把硝石装在竹筒里,点燃后使其发出更大的声响和更浓烈的烟雾,结果驱散了山岚瘴气,制止了疫病流行。这就是装硝爆竹的雏形。以后火药出现,人们将硝石、硫磺和木炭等填充在竹筒内燃烧,产生了"爆仗"。到了宋代,民间开始普遍用纸筒和麻茎裹火药编成串做成"编炮"(即鞭炮)。后人将火药裹在卷纸里,称为"爆竹"。

随着时间的推移,爆竹的应用越来越广泛,品种花色也日

花炮摊 ▶

见繁多。湖南浏阳、广东佛山和东莞、江西万载和萍乡以及浙江温州等地是中国著名的"花炮之乡",其生产的爆竹不仅畅销全国,而且还远销世界其他国家和地区。燃放爆竹已成为具有民族特色的娱乐活动。人们除了辞旧迎新过年时燃放爆竹外,每逢重大节日及喜事庆典,诸如元宵节、端午节、中秋节及婚嫁、建房、开业等,也要燃放爆竹以示庆贺。

吃饺子 中国北方人有一种习俗,逢年过节,迎亲待友,总爱包饺子,尤其是过年饺子是必不可少的食品。饺子的名称因朝代不同也有一个发展变化的过程:在古代饺子和煮饺子的汤混在一起吃,所以称"馄饨";宋代称饺子为"角儿";元代称饺子为"扁食";近代也有叫做"水饺"的。除夕守岁吃饺子有"更岁交子"之意,"子"为"子时","交"与"饺"谐音,有"喜庆团圆"与"吉祥如意"的意思。饺子的形状像元宝,而且有些民族(如:内蒙古和黑龙江的达斡尔人)把饺子放在粉丝肉汤中煮，然后连汤带饺子一起吃；而河南的一些地区将饺子和面条放在一起煮，名曰"金线穿元宝"。因此，过年吃饺子有"招财进宝"之意。另外，人们在包饺子时，常常将糖、花生、枣、栗子或硬币等包进馅里，吃到糖的人，将在新的一年里甜甜蜜蜜；吃到花生的人将健康长寿；吃到枣和栗子的人将早生贵子；而吃到硬币的人将在来年的日子里不会缺钱花。饺子在人们的心目中是非常好吃的食品，中国民间有句俗语"厉害不过嫂子，好吃不过饺子"，所以在过年这样特别的日子里吃饺子，表示美好美满。饺子有这样丰富的内涵，因此除夕就要吃饺子，初一、初三、破五都要吃饺子。

饺子的来历，民间有传说。一说为了纪念开天辟地的盘古。传说中天地没有分开的时候，只是黑暗混沌的一团，好像一个大鸡蛋，盘古就住在这个大鸡蛋里。他一直在鸡蛋中呼呼大睡，就

▲ 杨柳青年画中捏饺子的场景

25

这样过了一万八千年。有一天，他醒来，发现黑乎乎的混沌一片，什么也看不见，非常生气，不知从哪里抓起一把大板斧，用力一挥，只听见一声巨响，大鸡蛋破裂了——轻而清的东西冉冉上升，变成了天，重而浊的东西徐徐下降，变成了地，结束了混沌不分的状态，把天地划分开来。为了纪念盘古的功绩，同时又因为"混沌"与"浑囤"谐音，意为"粮食满囤"，所以过年吃馄饨（饺子名称的前身）成为民间广为流传的习俗。还有说过年吃饺子的习俗与女娲造人有关。盘古开天辟地以后，女娲行走在这片荒寂的土地上，感到非常孤独。于是她走到水池边，挖了池边的黄泥，按照水中自己的倒影，捏成泥娃娃。但是由于天寒地冻，黄泥人的耳朵很容易冻掉。为了使耳朵能固定下来，智慧的女娲想了一个妙计。她在黄泥人的耳朵上扎一个小眼，用细线把耳朵拴住，线的另一端放在黄泥人的嘴里咬着，这样总算把耳朵做好。老百姓为了纪念女娲创造人类的功绩，就包起饺子来，用面捏成人耳朵的形状，内包有馅（线，谐音），用嘴咬着。这虽然只是一个民间传说，但却给过年吃饺子这一习俗增添了神话色彩，使这一习俗变得更加有趣而耐人寻味。

吃汤圆、年糕　中国南方以大米为主，所以南方过年一般吃汤圆和年糕。吃汤圆有两个重要的文化内涵，一是认为汤圆与元宝中间的圆球形状相同，因此与财富相关。有一种传说：每年天下各处定有一家（条件是有好心做好事的）被财神光顾，汤圆会变成金子；人们在发觉已变未变时，不可喊，否则变不成了。唯一的方法，是放下一点金子，或妇人们的簪环之类。这说明吃汤圆（汤团）寄托了人们对财富的瑰丽梦想。二是吃汤圆还象征着全家团团圆圆，欢乐美满。过年，中国很多地区都讲究吃年糕。年糕又称"年年糕"，与"年年高"谐音，意寓人们的工作和生活一年比一年提高。年糕作为食品，在中国具有悠久的历史。1974年，考古工作者在浙江余姚河姆渡母系氏族社会遗址中发现了稻种，这说明早在七千年前我们的祖先就已经开始种植稻。年糕多用糯米磨粉制成，而糯米是江南的特产。在北方有糯米那样黏性的谷物，古来首推黏黍子（俗称小黄米）。这种黏黍子脱壳磨粉，加水蒸熟后，又黄、又黏，而且还甜，是黄河流域人民庆丰收的美食。明朝崇祯年间（公元1629～1643年）的文献记载：当时的北京人每于"正月元旦，吃黍糕，曰年年糕"。不难看出，"年年糕"

▲ 汤圆

是北方的"粘粘糕"谐音而来。年糕的种类很多，具有代表性的有北方的白糕、塞北农家的黄米糕、江南水乡的水磨年糕、台湾的红龟糕等。年糕有南北风味之别。据说最早年糕是为年夜祭神、岁朝供祖先所用，后来成为过年的食品。

年糕 ▶

年里的小节　古人将新年正月的前八天分别以六种动物和人、谷相称。正月一日为"鸡日"，即吉日。古人有用鸡辟邪之举，方法是杀鸡着门或贴画鸡于门。从元旦开始，人们开始忙着拜年贺节。拜年在汉代便已流行，群臣在正月正日这天进宫朝拜，君臣同乐。在民俗信念中，初一到初四，是新年的狂欢日子，到了初五才恢复了平常的生活。初五也叫"破五"，这天的习俗活动是"送穷"，而对商家来说，初五这天商家开业大吉。正月的活动一直过了十五，才渐渐平静。除夕子时进入大年初一，进入正式的新年，从初一到十五，都算过年。初一，祭祖，一般在子时。开门鞭炮避邪，迎喜神，老皇历写着今年喜神的方向，迎着其方向走。天亮以后去拜年，拜不过来让仆人送飞帖（有点贺年卡的意思）。初二，继续拜年，媳妇回娘家，称"归宁"，北方祭财神，吃元宝汤即馄饨。初三，老鼠娶亲，因此不能熬夜，还要在地上撒些盐米。初四，迎神接神的日子，一切人间神回到人间，傍晚接神。初五，破五，照例还要吃饺子。从初一到初四有很多禁忌，初五破除，祭祖的供品要撤，垃圾可倒，刀剪可动，稀饭可吃，商店开张大吉，迎五路财神。初七，人日，小孩节日，煮七种菜为羹。河南省睢阳人祖庙有盛大庙会（人祖是伏羲），祖庙会上特有的泥泥狗，形象是只猴，认为是最早的人祖。初八，众星聚会之期，要拜星君，黄昏后点四十九盏灯，摆天地桌（院子里），灯散放各处，称"散灯"，老北京一般到白云观的六神殿顺星。初九，玉帝诞辰，祭玉皇、祭天官。十三至十七都是元宵佳节，十三在厨下点灯，一连点五夜，过十七，十八收灯；十三试灯，十四搭彩棚，迎紫姑神；正月十五是元宵节的正日子，举行盛大的灯会。正月十八收灯，年就过完了，一切活动恢复正常。

◀ 白云观庙会(清)

29

元宵赏灯

普天同乐、狂欢色浓的元宵节

说起狂欢,西方朋友都熟知盛行于欧美地区的狂欢节,欧美大部分国家都在2月中下旬举行狂欢节活动,其中巴西狂欢节最负盛名。这是激情澎湃、灿烂欢乐的日子,如果这时候到巴西,能够看到里约热内卢规模盛大的狂欢节桑巴舞游行:一辆辆车身长达十几米的彩车打头阵,车上装着高音喇叭,车顶上七八名鼓手敲出震耳欲聋的欢乐鼓点,歌手引吭高歌;桑巴舞小姐高高在上,扭动腰肢,跳着欢快的桑巴舞。成千上万的人簇拥在彩车前后,一边和歌手一起歌唱,一边随着节奏跳着桑巴舞。沿途不断有人加入,游行队伍越来越长。人们极尽想象,把自己打扮得千奇百怪,以吸引路人的眼光。参加游行的人有年过花甲的老人,有坐在父亲肩头的儿童。男男女女,老老少少,

◀ 正月十五闹元宵(清)

中华文化丛书
ZHONGHUA WENHUA CONGSHU

中 华 节 日

人人都在唱，个个都在跳……岁岁狂欢，万众狂欢，这是个让人尽情开心快乐的节日。

每当在地球的西半部狂欢节热烈火爆进行的时候，地球的东半部也迎来了中国的"狂欢节"——元宵节（中国农历正月十五），它是中华传统节日中最富有狂欢色彩的节日之一。

不同的国度同样的狂欢

每年2月中下旬，正是中国农历的正月，正月十五元宵节前前后后，中华大地一片欢腾；城市、乡村、街道、社区，到处喜庆无比、热闹非常。

舞炮龙 在广西南宁宾阳县，百龙共舞，千炮齐鸣，万人同欢。这里每年举行舞龙活动，舞龙的同时燃放鞭炮炸龙助兴，所以这个活动称"舞炮龙"。只见舞炮龙的队伍前面有龙灯队、锣鼓队、古乐队开路；舞龙者把炮龙舞到街上，每家每户备足鞭炮，点炮增光，鞭炮未放完炮龙不离开；舞龙结束后把炮龙火化升天，祈求风调雨顺，国

宾阳炮龙节 ▼

泰民安。炮龙所到之处，各家各户夹道相迎，将事先准备好的鞭炮拿出来燃放，男女老少齐出动，有的将鞭炮挂上竹竿向炮龙上空挥舞；有的手持串串鞭炮往龙头和龙身上抛；还有的爬到楼上燃放，对炮龙来个高空轰炸。舞龙者头戴藤帽，腰系红绸带，大多赤膊上阵。舞龙队有大人也有小孩，分多套人马，轮流举舞。舞龙者不畏惧鞭炮的轰炸，哪里炮火密集，就冲向哪里，舞到哪里，有的甚至把鞭炮挂在赤裸的上身飞奔……传说钻龙肚能给自己和家人带来一年的吉祥如意，于是，当龙在炮光中游舞时，人们纷纷伺机钻龙肚，大人小孩跃跃欲试。想讨好运的外地游客，也点燃手中的爆竹加入到狂欢的队伍当中，感受宾阳人所创造的炮龙精神，感受炮龙精神铸造的宾阳人的勇敢和勤劳……

▲ 舞龙图

龙是中华民族的图腾，鞭炮是中国人发明的庆典之物。宾阳人把二者结合在一起，并且让所有群众参与其中，任意把燃放的鞭炮抛向舞动的炮龙，群众与舞龙者形成大胆、刺激的互动。舞炮龙独具宾阳地域传统特色和神奇的刺激性，整个过程洋溢着求乐、求财、求福、求平安、求吉祥的喜庆氛围，当地群众和游客几十万人无不全情投入。

踩街 ▲

踩街　在山东即墨，传统的"踩街"活动值元宵节隆重举行。家家张灯结彩，燃放烟花爆竹，人们身着节日盛装，成群结伴涌上街头，观看民间的龙灯、舞狮、高跷、秧歌等歌舞表演。整个即墨城到处洋溢着节日的喜庆气氛，全市居民与邻近地区赶来观光的游客十多万人，聚集在几条主要街道和市中心会场周围，一辆辆精美华丽、五彩缤纷的彩车，在震天动地的锣鼓和悠扬悦耳的唢呐、笙、笛的奏乐声中，向人们驶来；民间艺术表演秧歌队、高跷队、旱船队载歌载舞，欢腾跳跃；少年儿童表演的"大头娃娃舞"、"童子鼓"，更是活泼可爱稚趣盎然。浩浩荡荡的彩车巡游，花样繁多的民间歌舞表演，组成了元宵节气势恢弘波澜壮阔的欢乐海洋。

艺术大巡礼　在广东吴川市，展现在人们面前的是：一条条精心装点的花街，一行行闪亮迷人的灯饰，随风飘动的彩旗，墨香浓郁的书画，川流不息的人群，来自各行各业的各具特色的方队、腰鼓队、唢呐队、彩车队等，组成了色彩斑斓的"艺术大巡游"队伍。民间艺术表演有令人赏心悦目的长笛、陶鼓、舞二真、舞狮、舞龙、八音班等，还有令人叫绝的叠罗汉、舞貔貅、彩车、飘色等。飘色是载入吉尼斯纪录的民间艺术，是汇合了戏剧、杂技和装饰艺术的一项民间艺术。每队游行队伍分成三组，每组造型称为一"板"，每个板色都以一百五十厘米长、七十多厘米宽、六十多厘米高的色柜为一个小小的舞台，色柜上坐立的人物造型称为"屏"，后面凌空而起的造型称为"飘"。于是，集力学、美学于一体，立于半空的各种人物造型便成了"飘动的景色"。

其他地区，如山西、陕西、辽宁、吉林、黑龙江、青海、云南、四川、湖北、江西、新疆、海南、湖南、西藏、甘肃……每个地方各有不同的欢庆形式，各有别具一格的特色，数不清，说不尽。有一点是共同的，那就是中国人过元宵节讲究一个"闹"字，闹，就是"热闹"，颇有"狂欢"的意味。上面的一个个镜头，够热闹的吧，可那不过是中国元宵节庆祝活动的零星丁点，如果要详细介绍中国元宵节的狂欢情景，几天几夜也说不完，所以有人说元宵节是"中国的狂欢节"。那么，为什么又赋予它"元宵节"的名称呢？

◀ 北京郊区的元宵节

从两千年前的新春皓月时光走来

　　元宵节，沿袭了两千多年。正月是农历的元月，"宵"是我们现在所说的"夜晚"，中国古代人称正月十五是一年中第一个月圆之夜，因此"元宵节"这个名称是从正月十五的含义得来。早在两千多年前的西汉就有了元宵节。正月十五是一元复始大地回春的夜晚，人们对此加以庆祝，也是春节庆贺新春的延续。按中国民间的传统，在这皓月高悬的夜晚，人间相应要点起彩灯万盏，以示庆贺。

　　在汉朝汉文帝时期（公元前179～前141年），皇帝下令将正月十五定为"元宵节"。汉武帝时期（公元前140～前33年），祭祀"太一神"（主宰宇宙一切的神）的活动定在正月十五。那时，元宵节已被确定为重大节日。

　　元宵赏灯始于东汉明帝时期（公元58～75年），明帝提倡佛教，听说佛教有正月十五僧人观佛舍利，点灯敬佛的做法，便命令这一天夜晚在皇宫和寺庙里点灯敬佛，命令各地方无论读书做官的人还是普通百姓都要挂灯。以后这

汉文帝像 ▶

恭俭名踰玄默化成
懷强弭叛國富刑清

漢文帝

种佛教礼仪节日逐渐形成民间盛大的节日。这样，元宵节经历了由宫廷到民间，由中国的中部到全国各地的发展过程。

汉代以后，元宵节的节期与节俗活动，随历史的发展而延长扩展。汉代元宵节节期才一天；到唐代节期是三天；宋代元宵节长达五天；明代元宵节从正月初八就开始点灯，一直到正月十七的夜里才落灯，整整十天。与春节相接的元宵节，白天举行集会、联谊、交流、洽谈活动，热闹非凡，夜间燃灯，蔚为壮观。特别是那些精巧、多彩的灯火，更使元宵节成为春节以来娱乐活动的高潮。到清代，元宵节活动又增加了舞龙、舞狮、跑旱船、踩高跷、扭秧歌等"百戏"内容，尽显狂欢的味道。直到现代，元宵节在民间备受重视，特别是在广大农村老百姓心目中，如果没有闹过元宵，春节似乎就没结束。

中国的民俗学家说，元宵节是中国民间最为盛大的节日，作为农历新年中第一个月圆之夜，春耕未至，又不再需要遵守春节间繁复的拜年、守岁等礼仪习俗，老百姓的心情最为放松，便在元宵节将最符合自己审美理想的民俗、民间艺术尽情地表现出来。如今，无论在中国的城市还是农村，每逢元宵节依旧会挂出各式奇异的彩灯，结起喜气鲜活的吉祥饰物，吃了元宵（汤圆）、饺子、年糕后，人们从四面八方涌向广场或祠堂、闹市，在鞭炮以及鼓乐号鸣之中，擎举着龙灯，奔跳着狮舞，带上

▲ 《明宪宗元宵行乐图》局部

大头娃娃等面具，狂欢不已，其参与人数之多，表达感情之奔放，丝毫不逊色于西方的狂欢节。

关于元宵节的来历，民间一直流传着一些有趣的故事。从这些故事中我们能够了解中国老百姓的思想、情感、心愿和追求，他们的喜怒哀乐，在节日上体现得最集中、最明显。

你知道吗？从前——很久很久以前，有一只神鸟因为迷路而降落人间，却意外地被不知情的猎人给射死了。天帝得知后十分震怒，就下令让天兵于正月十五到人间放火，把人类通通烧死。天帝的女儿心地善良，不忍心看百姓无辜受难，就冒着生命的危险，把这个消息告诉了人们。众人听说了这个消息，犹如头上响了一个炸雷，吓得不知如何是好。就在人们焦急万分的时候，有个老人想了好久好久才想出个法子，他说："在正月十四、十五、十六日这三天，每户人家都在家里挂起红灯笼、点爆竹、放烟火。这样一来，天帝就会以为人们都被烧死了。"大家听后纷纷准备。到了正月十五这天晚上，天兵往下一看，发现人间一片红光，以为是大火燃烧的火焰，就禀告天帝不用下凡放火了。人们就这样保住了生命及财产。从此每到正月十五，家家户户都悬挂灯笼，放烟火来纪念这个日子。

还有，你知道中国汉朝平定"诸吕之乱"的事件吗？汉朝的开国皇帝汉高祖刘邦死后，刘邦的老婆吕后的儿子刘盈登基为汉惠帝。惠帝生性懦弱，优柔寡断，大权渐渐落在吕后手中，汉惠帝病死后吕后独揽朝政把刘氏天下变成了吕氏天下，朝中老臣、刘氏宗室深感愤慨，但都惧怕吕后残暴而敢怒不敢言。

吕后病死后，诸吕惶惶不安害怕遭到伤害和排挤，于是，在上将军吕禄家中秘密集合，共谋作乱之事，以便彻底夺取刘氏江山。这件事传到刘氏宗室齐王刘襄那里，刘襄为保刘氏江山，决定起兵讨伐诸吕，随后与开国老臣周勃、陈平取得联系，商量计策解除了吕禄，"诸吕之乱"终于被彻底平定。

平乱之后，众臣拥立刘邦的第二个儿子刘恒登基，称"汉文帝"。汉文帝深感太平盛世来之不易，便把平息"诸吕之乱"的正月十五定为与民同乐日，京城里家家张灯结彩，以示庆祝。皇帝的提倡加重了分量，正月十五便成了一个普天同庆的民间节日——"闹元宵"。

▼ 爆竹生花（清）

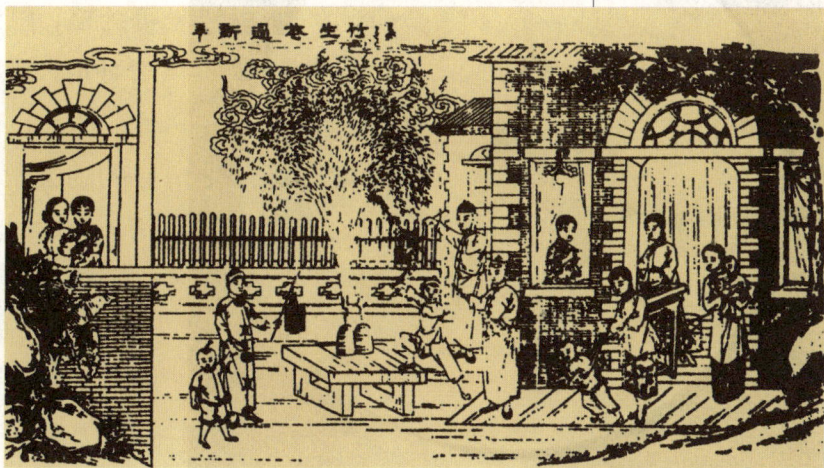

闹元宵，中国人的狂欢精神

　　元宵节的习俗在全国各地大部分地区都相同，但是各地也还有一些自己的特色风俗，这里只能列举普遍的一些民俗。

　　吃元宵　元宵是元宵节最重要的节令食品，吃元宵成为过节仪式，老人们常说："只有一家人坐在一起吃一顿热腾腾的元宵，感觉才像过了一个完整的年。"元宵俗称"汤圆"、"汤团"或"圆子"、"团子"，南方人还称为"水圆"、"浮圆子"。民俗专家解释，元宵一开始多被称为"汤圆"；因为它开锅之后漂在水上，煞是好看，让人联想到一轮明月挂在天空。天上明月，碗里汤圆，象征着团圆吉利。因此，吃元宵表达的是人们喜爱阖家团圆的美意。

元宵 ▼

　　汤圆以白糖、玫瑰、芝麻、豆沙、黄桂、核桃仁、果仁、枣泥等为馅，用糯米粉包成圆形，可荤可素，风味各异，可汤煮、油炸、蒸食，有团圆美满之意。还有的汤圆做法不是包的，而是在糯米粉中"滚"成的，或煮或油炸，热热火火，团团圆圆。

　　有个故事与元宵节吃元宵有关。汉朝皇帝汉武帝有个宠臣名叫"东方朔"，他善良又风趣。

有一年冬天，下了几天大雪，东方朔到御花园给汉武帝折梅花。刚进园门，就发现有个宫女泪流满面准备投井自尽，东方朔忙上前搭救。原来，这个宫女名叫"元宵"，家里还有双亲及一个妹妹。她自从进宫以后，就再也无缘和家人见面，每年到了腊尽春来的时节，就更思念家人，觉得不能在双亲跟前尽孝，不如一死了之。东方朔

◀ 东方朔像

很同情她的遭遇，就承诺一定设法让她和家人团聚。

一天，东方朔在长安街上摆了一个占卜摊，不少人都争着向他占卜求卦。不料，每个人算卦的结果都是"正月十六火烧身"。一时间，引起很大恐慌。人们纷纷求问解灾的办法。东方朔就说："火神君会派一位赤衣神女下凡查访，她就是奉旨烧长安的使者，你们禀报皇上，让皇上想想办法。"汉武帝接过来人呈送的奏折，只见上面写着"长安大难临头，皇宫将被火烧，十五这天的大火，红红的火焰会弥漫整个夜空"，汉武帝连忙请来足智多谋的东方朔。于是东方朔献上他的计策："听说火神君最

41

汉武帝像 ▶

爱吃汤圆，宫女元宵不是经常给您做汤圆吗？十五晚上让元宵做好汤圆，传令家家都做汤圆，一齐敬奉火神君；再命令老百姓十五晚上全都挂灯，满城点鞭炮、放烟火，好像满城大火，这样就可以瞒过玉帝了；还要通知城外百姓，十五晚上进城观灯，夹杂在人群中消灾解难。"

正月十五这天晚上，长安城里张灯结彩，游人熙来攘往，热闹非常。宫女元宵的父母也带着妹妹进城观灯。当他们看到写有"元宵"字样的大宫灯时，惊喜地高喊："元宵！元宵！"元宵听到喊声，终于和家里的亲人团聚了。长安城果然一夜平安无事。汉武帝大喜，就下令以后每到正月十五都做汤圆供火神君，全城挂灯放烟火。因为元宵做的汤圆最好，人们就把汤圆叫"元宵"，这天称为"元宵节"，也吃元宵。

张灯、赛灯、赏灯 元宵节，这个节日最突出的景观，就是围绕张灯、赛灯、赏灯等一系列"灯"事活动而展开，因而也称"灯节"。这是一个极富游乐性质的群体性民俗活动，也是中华民族古老文化的一种沿袭。元宵节灯的习俗与中国的道教有关系，按道教的讲究，正月十五是上元节，七月十五是中元节，十月十五是下元节；主管上、中、下三元的分别是"天"、"地"、"人"三个官。天官喜欢娱乐，所以上元节要点灯。元宵节点灯放火，从汉朝已成风俗，唐朝对元宵节倍加重视；经过历朝历代的传承，元宵节的灯事越来越多，灯的名目也越来越多。

这里讲一个与元宵节"灯"的习俗有关的故事。黄巢起义是中国著名的历史事件。黄巢带领农民起义军攻打浑城的时候，久攻不下。黄巢十分恼怒，但此时已经快过年了，天降大雪，十分寒冷，士兵们没有冬衣，又冷又饿，黄巢知道硬攻一定损失惨重，于是率领起义军在山里驻扎下来，等过年之后再打。

新年过后，黄巢进城探敌军的虚实，然后再商定攻城之策。黄巢打扮成卖汤圆的，挑上一担汤圆，混进了浑城。进城后，黄巢就发现一伙人正围着好像在看什么。只见墙上贴出了一张告示：黄巢带着一帮匪徒跑到山里去了，过几天这些匪徒还会来的，各家各户都要按人头交纳粮食，准备好打大仗。

黄巢正看着，忽然一队人马飞驰而

元夕花灯（明）

43

来，大声吆喝："黄巢进城了，有发现卖汤圆的马上报告，知情不报者诛灭九族！"黄巢一听，急忙钻进一个巷子里，等马队走远才钻出来。可没跑多远，马队又返回来了，眼看就要被追上，他一转身钻进一个小院。这时一个老人从屋里走出来。黄巢连连求老人说："老人家您行行好，救救我吧！"这时，一阵急促的马蹄声传来，接着就是噼里啪啦的打门声。老人话都没来得及说，就把黄巢领到后院的一个大水缸前，黄巢立即跳进缸里。只听"咣"的一声，大门被撞开了。官兵头目把手一挥，十几个官兵一顿翻箱倒柜，搜了半天，也没搜到人，于是一边骂着走了。官兵走远了，老人让黄巢从缸里爬了出来。黄巢十分感激地说："老人家，您的大恩大德我一定会报答的。"老人

花灯 ▶

说："我们穷人正盼着大将军您来呢！"黄巢于是告诉老人："老人家，你买几张红纸，扎个灯笼，正月十五那天挂在房檐上。这样，我们攻进城后，就知道那是您老人家了。"老人把消息传给邻居，一传十，十传百，很快全城的老百姓都知道了。

　　正月十五那天晚

上，穷人家门口都挂起了红灯笼，全城灯火通明。黄巢趁浑城正在过节之际，率领七千精兵，按老人所指的路悄悄地入城，浑城很快就被攻破了。黄巢早已下令：凡是挂着红灯笼的大门，起义军一律不准进入。那些不挂红灯笼的，都是一些贪官污吏、土豪劣绅，起义军很快就把他们打垮了。第二天，黄巢开仓分粮，还亲自给那位老人送去了二百两银子。从那以后，每年的正月十五，家家户户都挂灯笼，这个习俗一直流传至今。

　　元宵放灯的习俗，在唐代发展成为盛况空前的灯市，当时的京城长安已是拥有百万人口的世界最大都市之一。在皇帝的亲自倡导下，元宵灯节办得越来越豪华。中唐以后，已发展成为全民性的狂欢节。唐玄宗时期（公元712～755年），灯市规模很大，燃灯五万盏，花灯花样繁多，极为壮观。元宵之夜，各种各样的灯犹如百花争艳，各具神态。走马灯、玉兔灯、孔雀开屏灯、子牙封神灯、三战吕布灯、大闹天宫灯等诸色花灯仿

猜灯谜 ▶

佛使人进入神话世界；白菜灯、葫芦灯、西瓜灯、辣子灯、猫儿灯、狗儿灯、羊羔灯、娃娃灯……形象逼真，色彩艳丽，令人目不暇接，真可谓大千世界，尽收眼底。以后历代的元宵灯会不断发展，一直延续到今天。

猜灯谜　是从古代就开始流传的元宵节特色活动。每逢农历正月十五，各家各户都要挂起彩灯，燃放焰火，后来有好事者把谜语写在纸条上，贴在五光十色的彩灯上供人猜。因为谜语能启迪智慧又迎合节日气氛，所以响应的人众多，而后猜谜逐渐成为元宵节不可缺少的节目。

唐宋时灯市上开始出现各式杂耍技艺。明清两代的灯市上除有灯谜与百戏歌舞之外，又增设了戏曲表演的内容。

踩高跷　是民间节日里一种在广场表演的舞蹈形式。舞蹈者脚上绑着长木跷进行表演，技艺性强，形式活泼多样。由于演员踩跷比一般人高，便于远近观赏，而且流动方便无异于活动舞台，因此深受群众喜爱。高跷就是在刨好的木棒（圆扁形，内扁外圆）中部（扁面）安一支撑点，以便踏脚，然后用布带绑于腿部。木制高跷高的有七八尺，中高的有三四尺，短的也有尺余。表演者脚踩高跷，可以做舞剑、劈叉、跳凳、过桌子、扭秧歌等动作。在高跷秧歌舞中，扮演的人物有大家熟悉的传奇人物，如八仙过海中的八仙；也有媒婆、傻小子、憨媳妇等滑稽可笑的喜剧人物；还有关公、张飞、吕布、貂蝉、张生、莺莺、红娘、济公、鬼神及渔翁、尼姑、和尚等，有时大头娃娃也时常出现。表演者在表演时，根据各自的角色，身穿各种不同的服饰，边走边唱边舞，生动活泼，逗人发笑。高跷表演的音乐，有江南丝竹音乐、民歌小调、戏曲唱腔音乐、锣鼓伴奏等。

跑旱船　是汉族民间舞蹈的一种形式。在元宵节庆活动中，它常与龙舞、狮舞等结伴而行，出现于广场和行街队伍之中，一般多表现劳动或爱情生活。船模仿旧时娶亲船，用竹条、竹篾扎成，外蒙各种彩绸布、彩纸糊盖而成。新郎、新娘乘的是大船，各人一只。还有四只至六只小船，作为伴女护送船只。两个艄公，手划木制小桨，为新郎新娘划船。媒婆不坐船，在前面引路或逗新郎、新娘，调节情绪。童男、童女和喜客与随亲船翩翩起舞，营造喜悦气氛。随船者用彩带系套在腰间，如乘船状，起舞时，如船于水面之上。表演新郎（生）、新娘（旦）、媒婆（丑）者，一般穿古装

此中國高蹺會之圖也用木頭兩根上用木托將此木綁在兩個脛上將男子扮成女子模樣或二三人扮成一出戲的樣子來往閙舞此名高蹺會

▲ 高跷会图

47

此中國跑漢船之圖也用木做成船樣是上有布
旱棚下用布圍子此乃是拌成白蛇青蛇之樣
站立船中前頭做成假女子腿盤膝而坐用技
船的一個此艇跟隨枝船的來往旋轉各逢廟
季有此會名漢船會

跑旱船图 ▶

或清装。伴女和喜客服饰统一，一船都穿彩衣，腰系彩带。艄公则根据时代特点，船家装束。跑旱船的主要动作有"戏船"、"走船"、"跑船"三种。表演时的音乐伴奏一般采用地方民间小调和地方民歌。

舞狮子　是中国普遍流行的一种道具舞蹈。始于魏晋，盛于唐。舞狮子一般由三人完成：二人装扮成狮子，一人充当狮头，一人充当狮身和后脚，另一人当引狮人。舞法上又有文武之分：文舞表现狮子的温驯，有抖毛、打滚等动作；武舞表现狮子的凶猛，有腾跃、蹬高、滚彩球等动作。狮子作为百兽之尊，形象雄伟俊武，给人以威严、勇猛之美感。因此，在元宵节庆祝活动里总有舞狮子这一表演形式出现，逐渐形成习俗。

舞龙　是汉族民间舞蹈的一种。龙在中国人心目中是为民造福的吉祥神灵，如遇大旱无雨，盼龙下凡吐水，四方善男信女烧香拜神，祈求龙神降雨。传说唐代有一年大旱，龙王错行云雨，淹死了长安不少百姓。玉帝降旨命魏征监斩龙王，但龙王阴魂不散，夜夜扰闹皇宫，吓坏了唐太宗。于是唐太宗向群臣问计，众臣认为应超度龙王。后来民间就有了元宵节"耍龙灯"（舞龙）的习俗。龙灯一般由竹木、彩纸、布等扎成，节数为单数，长达数丈，节内能燃烛的称"龙灯"，不能燃烛的称"布龙"。舞龙时，领舞者手持龙头，数十人举起紧连龙身的木棍，随于其后，整条龙在乐声中沿着规定的路线和队列奔跑，龙就像活了一样。民间以此习俗求风调雨顺、五谷丰登。

前面说过的"炮龙"，比一般常见的舞龙大许多，短的有七

◀ 舞狮

节，长的有十一节；龙身长约三十米至四十米不等，龙头和龙尾由竹篾扎制，用砂纸装裱，龙身由麻绳串联，用色布包裹而成。广西宾阳舞炮龙活动已有一千多年的历史，传说宋朝皇祐年间（公元 1049～1053 年），宋朝为了征伐侬智高，令狄青大军直赴广西征剿。但是狄军征战至昆仑关时，由于地势险要和侬军的死守，狄军屡攻不克。当时正值农历元宵节，狄青为了麻痹侬智高，便下令驻扎在宾州城的兵士大闹元宵之夜。狄军多为中原一带的人，擅长舞龙、杂耍等多种技艺，他们以稻草扎成龙，以火烧竹子，既当照明，又把竹子燃烧爆裂后发出的响声当做爆竹狂闹舞龙。侬智高获悉，便放松了戒备，而狄青则趁此连夜出击，攻克了昆仑关。宾州人以如此舞龙为一种吉祥之举，因此以后年年都舞炮龙，一直延续至今。

传统的元宵节是中国城乡重视的民俗大节，它体现了中国民众特有的狂欢精神。西方国家的民众对中国人的普遍印象是

舞龙 ▶

50

含蓄、婉约、内敛；如果体验体验元宵节的狂欢，就能感受到中国人激情、奔放、热烈、浪漫、活泼、开朗、豪爽、粗犷、欢快的另一面。

■ 清明祭扫亲人墓

思亲报本，拥抱春天的清明节

　　1992年初春的一天中午，一辆红色桑塔纳穿过漫无边际的香蕉林、荔枝林、板栗林，驶进广西南宁市近郊的罗村，从车上下来一位老者。龙眼树下的阿五迎上去，问声好："找哪屋？"老者翻来覆去地说了很多，阿五"一头雾水"，旁人更是"一头雾水"。最后老者自己摸索进村，走到阿五家，看看，不是；摸南墙走一段路，感觉不对；又回头，从左边小巷走入；看到饲养牛的黄泥屋，想想，就是这里了。他折进对面青砖大瓦房——阿五的堂哥阿积的家。阿五乐了，老者原来是自家亲戚！老者是什么客？老者姓罗，本村人，1923年出生，1949年农历九月离家，1950年去了越南，1953年转到台湾，当了排长、连长……退休了在基隆。

　　老者归来，引人感慨，放大了罗村人生活和想象的空间：从未有过这样一个人，从中国台湾，途经中国香港，回到中国罗村。

　　老者住了十多天，归期愈来愈近。最后要走了，他约定明年带太太、孩子回来，上坟烧香，归宗认祖。他留了五千元钱，叫人先行修葺好黄泥屋和祖坟，准

中华文化丛书
ZHONGHUA WENHUA CONGSHU

中华节日

▼ 寻根祭祖大典

备各种该用的物什。

1993 年清明节，阿五、阿积几家人精心筹备，等亲人归来扫墓；1994 年清明节，阿五、阿积几家人精心筹备，等亲人归来扫墓；1995 年……

这就是中国人重亲情的一个缩影——无论走到哪里，哪怕是天涯海角，也要返回故乡看望亲人；即使亲人不在了，也要回来拜祭亲人的坟墓，告慰亲人的灵魂，而且拜祭的时间大都是在清明节的时候。

清明节是一个什么样的节日呢？

追溯清明节的源头

牧童春乐遥指杏花（清）▼

北方还是柳色遥看近却无，南方却已嫩柳初染鹅黄色，此时清明节就要到了。品味这个中国节，在"中国心"底会泛起哀思的怅惘和春天的颤动。清明是"二十四节气"中的一个节气，后来融合了两个上古节日——寒食节和上巳节的内容，成为春季重要的传统大节。

中国传统节日在农耕时代形成，"靠天吃饭"的农耕社会与气候、物候、节气的关系非常紧密。清

明是在春分后的十四五日，公历每年的4月5日前后，"万物生长此时，皆清洁而明亮，故谓之清明"（《岁时百问》）。中国大部分地区到清明时节，便告别严冬，迎来生机勃发万物生长的春天。这是农耕的重要时机，清明是提醒农民春耕春种的节气。

大量的农谚在提醒甚至告诫人们："清明下种，谷雨栽秧"；"清明不撒种，哪有五谷生"；"种树造林，莫过清明"。这表现了中国传统节日体系的特点也是优点：与大自然的节律保持一致、与生态环境保持和谐。传统节日总是：感自然节候而起，孕人文精神而丰，在社会的发展中不断充实丰富人文内涵。在"天人和谐"的宇宙观里，人们从自然万物的孕育生长，联系到人类族群生命的繁衍和个体人生的取向；从感激和敬畏生存环境的自然，到感激和敬畏生命之源的先人，寒食节的并入起关键作用。清明前一两天的寒食节，源于古代的换季时钻木、求新火之制，新火未至就禁火，禁火只好寒食，可见也是因自然节候而起。后来有一个非常感人的故事相传民间。

春秋战国时期（公元前770～前221年），晋献公的妃子骊姬为了让自己的儿子奚齐继位，就设毒计谋害太子申生，申生被逼自杀。申生的弟弟重耳，为了躲避祸害，流亡出走。在流

《晋文公复国图》 ▶
（宋·李唐）

亡期间，重耳受尽了屈辱。原来跟着他一道出奔的臣子，大多数陆陆续续地各奔出路去了，只剩下少数几个忠心耿耿的人，一直追随着他，其中一人叫"介子推"。有一次，重耳饿晕了，介子推为了救重耳，从自己腿上割下一块肉，用火烤熟了给重耳吃。十九年后，重耳回国做了君主，就是著名春秋五霸之一的晋文公。晋文公执政后，对那些和他同甘共苦的臣子大加封赏，唯独忘记了介子推。有人在晋文公面前为介子推叫屈。晋文公猛然忆起旧事，心中有愧，马上差人去请介子推上朝受赏封官。可是，差人去了几趟，介子推不来。晋文公只好亲自去请。当晋文公来到介子推家时，只见大门紧闭。介子推已经背着老母亲躲进了绵山（今山西介休县东南）。晋文公便让他的御林军上绵山搜索，没有找到。于是，有人出了个主意说，不如放火烧山，三面点火，留下一方，大火起时介子推会自己走出来的。晋文公乃下令举火烧山，孰料大火烧了三天三夜，终究不见介子推出来。上山一看，介子推母子俩抱着一棵烧焦的大柳树已经死了。晋文公望着介子推的尸体哭拜一阵，然后安葬遗体，发现介子推脊梁堵着个柳树树洞，洞里好像有什么东西。掏出一看，原来是片衣襟，上面题了一首血诗：

> 割肉奉君尽丹心，但愿主公常清明。
>
> 柳下作鬼终不见，强似伴君作谏臣。
>
> 倘若主公心有我，忆我之时常自省。
>
> 臣在九泉心无愧，勤政清明复清明。

晋文公将血书藏入袖中，然后把介子推和他的母亲分别安葬在那棵烧焦的大柳树下。为了纪念介子推，晋文公下令把绵山改为"介山"，在山上建立祠堂，并把放火烧山的这一天定为"寒食节"，晓谕全国，每年这天禁忌烟火，只吃寒食。下山时，他伐了一段烧焦的柳木，到宫中做了一双木屐，每天望着它叹道："悲哉足下。""足下"是古人下级对上级或同辈之间相互尊敬的称呼，据说就是来源于此。第二年，晋文公领群臣，素服徒步登山祭奠，表示哀悼。行至坟前，只见那棵老柳树死而复活，绿枝千条，随风飘舞。晋文公望着复活的老柳树，像看见了介子推一样。他敬重地走到跟前，珍爱地

▼ 介子推塑像

掐了一枝，编了一个圈儿戴在头上。祭扫后，晋文公把复活的老柳树赐名为"清明柳"，又把这天定为"清明节"。此后，寒食节、清明节成了全国百姓的隆重节日。每逢寒食节，人们便不生火做饭，只吃冷食。在北方，老百姓只吃事先做好的冷食如枣饼、麦糕等；在南方，则多为青团和糯米糖藕。每到清明，人们便把柳条编成圈儿戴在头上，把柳条枝插在房前屋后，以示怀念。

从竞逐功名富贵的现实中反拨出一个有功不居功、功成不受赏的介子推，成为这种传统美德的范例。介子推的遗诗，短短几句就三嘱"清明"，从自然界的"清明"到为政"清明"，反映了人民的祈愿，也成为清明节的价值取向。犹如屈原之与端午节一样，介子推之与寒食节，不仅是标志，而且被说成是"起源"。"起源"当然不是，寒食节并入清明节后，"介子推传说"使这个节日本身蕴涵了敬贤的人文内涵倒是真的。犹如端午节推重屈原一样，寒食清明也可推重介子推的人格和精神。寒食节的习俗除禁火冷食之外，还有后来成为清明节主要内容的祭扫坟墓。

为亲戚扫墓〔清〕▼

清明节习俗

祭祖扫墓是清明节最浓重、最突出的民俗，扫墓、纪念祖先这一习俗相沿已久。秦汉时，墓祭已成为不可或缺的礼俗活动。人即使离家千里也要在清明"还归扫墓地"。祭扫时，给坟墓铲除杂草，添加新土，供上祭品，燃香奠酒，烧些纸钱，或在树枝上挂些纸条，举行简单的祭祀仪式，以表示对死者的怀念。至于祭扫的日期，各地风俗不同，有的是在清明节的前三天或后四天；有的在清明前后逢"单"日举行；有些地方扫墓活动长达一个月。

▲ 汉高祖像

至今，一个古老的故事被传为美谈：秦朝末年，汉高祖刘邦和西楚霸王项羽大战好几回合后，终于取得天下。刘邦取得天下后，清明这一天衣锦还乡。回乡的第一件事想要到父母亲的坟墓上去祭拜，但因为连年的战争，山上坟墓既多又乱，且都长满杂草，刘邦发动部下找了一整天都没有找到父母亲的坟墓。刘邦非常难过，眼看天就要黑下来了，最后刘邦从衣袖里

59

祭祀中华始祖——轩辕黄帝 ▲

拿出一张纸，撕成许多小碎片，紧紧捏在手上，然后向上苍祷告：若父母亲在天有灵，现在风刮得这么大，我将这些纸片抛向空中，如果纸片落在一个地方，风都吹不动，那么父母亲的坟墓就在那个地方。说完刘邦把纸片向空中抛，果然有一片纸片落在一座坟墓上，不论风怎么吹都吹不掉，刘邦跑过去仔细瞧那模糊的墓碑，果然看到他父母亲的名字刻在上面。刘邦高兴极了，马上请人重新整修父母亲的墓。从此以后，每年的清明节刘邦一定到父母亲的坟上祭拜。后来民间的老百姓也像刘邦一样，每年的清明节都到祖先的坟墓祭拜，并且在坟墓上用小土块压几张纸，表示这座坟墓是有人祭扫的。

汉代，墓祭归入了"五礼"中（吉礼、嘉礼、宾礼、军礼与凶礼）。中国古代礼法制度以礼治为本，以刑治为辅，朝廷的推崇使墓祭活动更为盛行。清明扫墓成为对民族始祖的深切缅怀和中华民族慎终追远、敦亲睦族及行孝品德的具体表现。

长期以来，清明节祭奠的主要对象是离世的亲人和祖宗，通过扫墓、祭祖，寄托祭祀者对逝去亲人的亲情、哀思和对祖宗的敬畏。随着革命传统教育的开展，饮水不忘掘井人，祭奠的对象扩展到革命先烈，借清明节祭扫烈士陵园。随着民族精神的复兴，对祖宗的家族性私祭发展到对中华民族共同祖先黄帝、炎帝等的群体性公祭，海外侨胞、华人源源不断地回到祖国参与盛典。

中华民族的亲情情结、敬祖意识、寻根心理、报本观念在清明节可以得到充分地张扬。现在已有部分地区把纪念对象扩展到了"乡先贤"——本地的英杰：不仅有革命先烈，而且包括民族英雄和其他杰出历史人物。爱祖国从爱家乡开始，乡先贤是家乡的历史和山川风物的灵魂。祖国的大小城乡遍布英杰的足迹，清明节时组织青少年到英杰陵园或墓地扫墓，到英杰纪念碑、纪念馆、故居、遗迹瞻仰献花，举行加入中国少年先锋队和中国共产主义青年团以及成年礼等仪式，这是非常生动具体的爱国主义和民族精神的教育，也是凝聚全世界中华儿女之心的文化举措。

传统扫墓，注重培修坟茔，在清除杂草、培添新土的一举一动里，倾注着浓浓的亲情和无尽的哀思。现代社会大多数人已经不相信阴间之说，

◀ 黄帝像

61

黄帝陵 ▶

更不相信焚烧成灰的纸钱冥器可以为先人所用。因此多用鲜花代替纸钱和祭品。在城市，一般以火葬代替土葬，即有利于节约，也有利于改善生态环境。骨灰盒存放在"公墓"，清明时人们到公墓探望，擦拭护理先人的骨灰盒，敬献鲜花，祭奠逝者。

在科技飞速发展的今天，时下出现了"网上墓园"。人们可以在这种虚拟的墓园里设置已逝亲人和祖先的一块墓地，清明时可以进行网上祭奠，在这个网上专页中献花、留歌、点烛、留文，表达怀念和敬慕之情。祭奠逝者，是为了满足一种精神需要，也是一种精神活动。网上纪念，可以跨越时空，让被纪念者的生命故事永远流传、精神融入永恒；让纪念者与被纪念者不受时空的限制自由地进行精神交流和对话。这种新生的祭奠方式，正在极大的想象空间中得到发展。

轩辕是中华民族的共同祖先，自秦汉以来，人们年年祭扫，岁岁封茔。新中国成立后，国务院把黄帝陵列为第一号古墓葬，号称"天下第一陵"。2004年黄帝陵祭祖首次采用国家祭祀规格，遵循古代以青铜器作为黄帝祭器的传统，为此专门制作了六十五件战国编钟、九鼎八簋等青铜器和太常旗等传统的仪仗旗帜，编排了名为《轩辕黄帝颂》的盛大祭祀乐舞。当年清明节这天，来自海内外的数万炎黄子孙聚首陕西桥山黄帝陵，在新落成的祭祀大殿前，以"九鼎八簋"的传统礼制及富有民族传统特色的盛大乐舞祭奠中华民族的人文始祖——轩辕黄帝。在古乐声中，全国人大常委会副委员长、全国政协副主席、陕西省人大常委会主任和来自中央有关部门的代表，部分省、市、自治区的代表，港、澳、台同胞和海外侨胞的代表，以及遴选出的民间主祭人依次敬献了花篮，并向黄帝像鞠躬行礼，陕西省省长宣读了祭文。2007年4月5日，来自海内外参加祭拜中华民族"人文始祖"轩辕黄帝的炎黄子孙达到一万多人，是历年来规模最大的，参加人数最多的一次祭祖仪式。

　　清明节，纪念先人是其情感本体，凝聚族群是其文化功能，提扬生命是其深沉的内在价值取向。

◀ 祭孔大典

63

哀思与畅怀交织

　　清明节是人们在精神上沟通生与死、阳与阴的虚拟文化平台。人们一方面要祭奠逝者以通"阴间"，另一方面也要迎春游乐以顺阳气。清明、上巳两节相邻，清明郊外上坟后顺便踏青，也就等于过了上巳节，这也是节哀自重转换心情的一种调节吧。于是从唐代开始，寒食、清明便日益与上巳融合在一起了，唐代元稹的《寒食日》和宋代吴惟信的《苏堤清明即事》表现了这种情景。一些名画如隋代展子虔的《游春图》、唐代张萱的《虢国夫人游春图》、宋代张择端的《清明上河图》等都描绘了春游的盛况。这种亲近自然的节俗已为现在的郊游热所继承。

　　为了顺应清明时节阳气上升、万物萌动之理，人们开展了多种多样的迎春健身活动，如荡秋千、放风筝、蹴鞠、拔河、斗鸡等。

《游春图》(隋·展子虔) ▼

▲ 《虢国夫人游春图》
局部（唐·张萱）

踏青 又叫"春游"，中国民间长期保持着清明踏青的习俗。有这样一个传说可以看出踏青习俗由来已久：相传大禹治水成功时，正值春暖花开、万物复苏之际，天地一片绚烂的景象。人们纷纷外出游玩，以庆祝水患尽除，天下太平。

清明正值春光明媚，人们把扫墓和郊游结合起来，自古承袭下来形成了遍及全国的踏青之俗，故又称"踏青节"。踏青之俗唐代已经非常盛行，宋代较之唐代更盛，元代此俗最盛。踏青除了欣赏大自然的美景之外，还要进行一系列丰富多彩的娱乐活动，使节俗充满春天的欢娱气息。

踏青之俗在现代也很受欢迎，每年清明节前后各地、各单位和学校都组织春游，学校还组织青少年进行野营、野炊等。

插柳 除民间传说的插柳为介子推母子招魂的缘起外，古人认为柳树得春气之先机，阳气最盛，"插柳"、"戴柳"可避疫驱邪，后来又引申为"插柳留春"的文化意蕴。由"插柳柳成行"的风习形成清明节植树的习俗。清明正值万物复苏、踏青郊游的大好春光，也是春耕春种、插柳戴柳的适宜季节，清明插柳之风很自然地就发展为植树造林之举。民谚说："种树造林，莫过清明。"中国民主革命的先行者孙中山先生很重视植树造林，把它当做关乎国计民生的大事来推动。为纪念他，其忌日3月12日被定为"植树节"。其实，孙中山的意愿是将植树节放在清明节，在他生前有一段时间也是这么做的。按孙中山的倡议，1915年北洋政府正式颁布以清明节为"植树节"。 1984年北京市定的"全民义务植树日"即在清明节前两三天。北方地区可以把清明节发展为植树节、环保节，由"插柳留春"发展为"环保护春"。

荡秋千 这是中国古代清明节习俗。早在远古时代，人们为了获得高处的食物，在攀登中创造了荡秋千的活动。秋千最

荡秋千 ▶

早称之为"千秋"，传说为春秋时代北方的山戎民族所创。开始仅是一根绳子，双手抓绳而荡。至汉武帝时，宫中以"千秋"为祝寿之词，取"千秋万寿"之意，以后为避忌讳，将"千秋"两字倒转为"秋千"。以后逐渐演化成用两根绳加踏板的秋千。秋千于南北朝时传入南方，到唐代时兴盛起来。唐宋时期，荡秋千是非常普遍的游戏，民间多爱在清明踏青时节，在郊外用竹子架成一种临时性的"竹笋秋千"，舞荡嬉戏。辽代时最重清明节。清明节到来之时，上至朝廷贵人，下至庶民百姓都以荡秋千为乐。荡秋千的兴盛程度可见一斑。因为清明节处处荡秋千，也有人把它叫做"秋千节"。荡秋千不仅可以增进健康，而且可以培养勇敢精神，至今为人们特别是儿童所喜爱。

放风筝　清明时节放风筝的习俗起源很早，而且经久不衰。放风筝既是一种娱乐，也是一种体育活动。最初风筝的作用只是军事上传递消息的工具。南北朝时期，梁武帝在台城被侯景叛军围困，大臣羊侃曾用风筝系上诏书，招来援军救驾。后来

◀ 《十美图放风筝》
杨柳青木版画（清）

特色风筝 ▶

风筝逐渐演变为一种娱乐玩具。汉代，出现了用竹制框架，以纸糊、绳牵、放在空中的"纸鸢"。盛唐时期，制造风筝的工艺进一步提高。到清代，风筝的制作工艺更加完美，并且形成了北京、天津、潍坊、南通四大风筝产地。如今，风筝形式多样，音响也更加悠扬悦耳，潍坊市的风筝还"飞入"了国际市场。近年来，每逢清明节前，便举行国际风筝会，中外来宾云集，热闹非常。今天的放风筝成为一种高雅的娱乐活动，而在古代，放风筝包括一项古老的习俗——"放晦气"。古代由于生产力低下，科学技术极不发达，人们没有能力抵御疾病以及各种自然灾害的侵袭，便祈求天赐好运。人们在风筝上写上自己的名字，然后放上天去，又故意剪断牵线让风筝飞走，认为这样就可以放走"晦气"交上好运，达到"消灾去难"的目的。风筝真正的起源，现在已无法考证。有些民俗学家认为，古人发明风筝主要是为了怀念去世的亲友，所以在清明节"鬼门"短暂开放时，将慰问故人的情意寄托在风筝上，传送给已故的亲友。

蹴鞠 鞠是一种皮球；蹴鞠，就是用足去踢球。这是古代清明节时人们喜爱的一种游戏。相传是黄帝发明的，最初的目的是用来训练武士。蹴鞠自汉代就有，唐代更加盛行，并有很大的改进。唐代的鞠由汉代的"充毛"改为"充气"，用动物的膀胱作为内胆，增加了球体的弹性。踢球的花样也增加了许多，上至达官贵人，下至庶民百姓，不论男女老少，皆好此事，足见当时盛行的程度。唐代清明节还盛行击鞠，即打马球。相对于蹴鞠来说，击鞠难度要大很多，一方面要求乘坐的马（或驴）有很高的训练程度，另一方面要求骑术精湛。但是这项活动有其局限性，不能在民间盛行，所以并没有像蹴鞠一样流传下来，到今天已经看不见这种游戏了。

除了以上这些，清明节还有很多其他的习俗，如拔河、斗鸡等。这些习俗的起源都很早，在唐宋年间十分盛行并且沿袭了下来，到现在只有拔河作为一项体育活动，至今仍受到很多人的喜爱。清明节风俗是经过漫长的历史不断积淀而来的。岁月的赓续，社会的变迁使清明节越来越受到人们的重视。在清明节习俗的继承和发展过程中，人们不断赋予她新的内容，使其更适应时代的发展，更具魅力。

▼ 蹴鞠图

■ 孟子故里

孟母教子与中华母亲节

爱母亲，是人类的一种美好的天性，是一切情感的基础。潜在的天性犹如地里的种子，需要适宜的条件才能吐芽、长苗，需要适宜的环境才能茁壮成长。人类美好的感情，包括体验和感受感情的能力，也需要精心地培育才能养成，才能丰富。认真培育感知父母之爱和爱父母之心，其意义绝不限于家庭。"立爱自亲始"，"老吾老以及人之老，幼吾幼以及人之幼"，在父母之爱和爱父母之心的回环往复和反复体验中，人类的爱心在不断地滋生、发育，从而辐射到血缘亲情以外的广大领域中去。很难想象一个没有感受过父母之爱、也不知爱父母的人，会知道怎样去爱别人。而没有爱心的人是很可怕的人，没有爱心的社

中华文化丛书
ZHONGHUA WENHUA CONGSHU

中华节日

◀ 仁义礼智信年画

会将会是冷漠无情甚至充溢仇恨的社会。因此设置母亲节，让天下父母心有一个得以彰显、被认真体认的节日，让天下子女心有一个受到唤醒、并精致表达的节日，这是全人类的需要。中华民族是最重视家庭伦理的民族，具有悠久而深厚的孝亲传统，中国历史上有不少很伟大而且很有影响的母亲，孟母是最突出的一位。

孟母教子是懿范

孟母是孟子的母亲仉（zhǎng）氏。孟子姓孟名轲，"子"是中国古代对有学问的男子的美称、尊称。孟子是两千三百多年前战国时期的思想家、政治家、教育家，他继承并发展了孔子的学说，后人连称"孔孟"儒家。

孟子像 ▶

公元前372年（周烈王四年）农历四月初二，孟轲诞生于邹（今山东省邹城、曲阜市），三岁时其父孟激去世，对独生子教养的责任就全落在孟母身上。她家贫，一面勤勉女工，一面精心教子，被誉为"母教一

人"，两千年前西汉时的《韩诗外传》和刘向的《列女传》就有翔实记载。近八百年以来中国最流行的儿童读物《三字经》中有："昔孟母，择邻处，子不学，断机杼。"这些话脍炙人口。1994年李汉秋的《新三字经》也说"昔孟母，茹苦辛，断机杼，善择邻。"这些讲的都是孟母教子的故事。

▲ 孟母三迁祠

择邻三迁

儿童易受周围环境的习染，孟母首先重视为孩子选择有利于其健康成长的外部环境，善于利用环境来熏陶感化孟子。起初，孟子居住在城北马鞍山下的凫村，附近是一片墓地，不时看到丧葬的情形。孟子也和村中儿童一起模仿大人们的举动，扮演丧葬的过程。孟母发现孟子受到了不良环境的影响，就把家迁到了城西庙户营村。新居与市场为邻，市场上行商坐贾，买卖喧闹，孟子和小伙伴也以叫卖为游戏，学着讨价还价。而且他家的邻居是一个杀猪的屠夫，孟子就模仿他邻居的样子用竹片杀猪。孟母忐忑不安，再次迁居，把家搬到了县城南关的学宫旁。学宫附近常有读书人来往，高雅的气韵，从容的风度，优雅的举止与文质彬彬的礼仪行为，对初解人事的孩子产生了潜移默化的影响，孟子也演练学宫中揖让进退的礼仪，有模有样。

孟母高兴地说：这才是我儿子居住的地方！遂在此定居，并把孟子送入学宫读书，留下了"三迁择邻"的美谈。

断机喻学

一次孟子未到放学时间，提前回家，孟母问他缘故，他表现出怠学的样子。孟母非常生气，拿起刀来，当着孟子的面把织布机上的经线割断。就在孟子惊愕不解时，孟母说道："你的废学，就像我割断织布机上的线，这布是一丝一线织起来的，现在割断了线，布就无法织成。君子求学是为了成就功业，博学多问才能增加智慧。你今天不刻苦读书，惰于修身养德，今后就不可能远离祸患，也成不了才。"孟母用"断织"来譬喻"辍学"，指出做事必须要有恒心，一旦认准目标，就要坚持不懈。半途而废，就会前功尽弃。"断织喻学"形象地说明了学习必须持之以恒的道理，这一幕在孟子幼小的心灵中，烙下了深刻的印象。孟子从此旦夕勤学，终于成为名垂青史的儒学大师。

孟母断机处碑 ▲

买肉示信

孟母注意在日常小事上培养孟子诚实守信的品格。《韩诗外传》载：当孟家还在庙户营村市集旁居住时，东邻有人杀猪，孟子问母亲："杀猪干什么？"孟母当时正忙，随口应道："给你吃。"孟子十分高兴，等待食肉。孟母很快意识到，如果自己失言将"是教之不信"，为了不失信于儿子，尽管经济十分困难，还是拿钱到东邻买了一块猪肉给儿子吃，以自己的行动示范"言而有信"。身教重于言教，孟母的母教是成功的。

教子自纠

一个夏日的中午，孟子的妻子独处自己房中，孟子推门而入，见妻子衣服不整，十分生气，认为妻子有失礼仪，产生了休妻的念头。孟母问明情况后，责备孟子说："'将上堂，声必扬'，你自己没打招呼，就登堂而入，是你失礼在先，怎么反而责备别人呢？"孟子深感惭愧，打消了休妻的念头，并向妻子赔礼道歉。"孟子休妻"的故事说明：一个人一方面要有自省意识不断地检点自己，同时要接受批评，知错必改。孟母这一次关于"礼"的教育促成了孟子严于律己的品质。

孟子在齐国，齐宣王虽酬以高薪，却未能实施他的政治主张。孟子想到宋国行道，但考虑母亲已年逾古稀，搬迁不便，所以未行。孟母知道后，主动劝孟子应以行道为上，不要顾念自己。

孟母去世后，与孟子的父亲合葬

▼ 孟母断织图

于邹城北约十二公里的马鞍山麓。人们认为孟子的成就显示了孟母教子的成功，因而称这块六百亩大的林地为"孟母林"，以长久纪念她。历代对孟母常有封赠祭祀，保留至今的遗迹还有启圣寝殿、孟母三迁处、孟母三迁祠、孟母断机处碑等。每年前来瞻仰追思者络绎不绝。她的懿范远播新加坡、日本、韩国等，并被写进儿童教科书。

孟母是"母教一人"，懿范千秋，众望所归。2006年全国政协委员李汉秋倡议以孟母为中华母亲节的形象代表，以孟母生孟轲而成为母亲之日——农历四月初二定为中华母亲节的节日。李汉秋的倡议获得广泛支持，2007年参加联名提案的全国政协委员就多达六十位；次年又有六十七位联名提案。学者专家指出：中国传统称自己的生日是"母难之日"，径称"母难"，表明自己生日不忘母亲养育之恩。以孟母生孟子之日作为中华母亲节，推而广之，每个人在欢度自己生日时都要感恩生我养我的母亲。

孟母墓碑 ▶

感恩母亲是节俗

　　每当中华母亲节到来时，在母亲身边的子女纷纷以各种各样的方式向母亲表达感恩挚爱之情，有的手捧鲜花祝贺中华母亲节，有的献上自己制作的小礼品向母亲表达爱心，有的为母亲洗足、捶背或做一件其他好事表达自己的感恩之情，有的陪母亲游玩、购物、吃饭，膝下承欢。不在母亲身边的子女纷纷以电话、手机短信、信件、贺卡……向母亲贺节。学校是中华母亲节节庆活动的天然场所，学生们举办"算上学账知父母恩""寸草心报三春晖"等班会、队会，举办以母爱为主题的摄影比赛、演讲比赛，他们还邀请家长来校载歌载舞共度佳节，一边表演节目给母亲看，一边给母亲说一句感恩的悄悄话，往往把母亲感动得热泪盈眶，母子相拥而亲。

　　在社会上广泛开展了关爱母亲的各种各样的活动，医生们为母亲义诊，演员们为母亲演出，媒体为母亲宣传，环境为母亲打扮……中华母亲节的节俗必将越来越丰富。

▲《游子吟》诗意图
（清·钱慧安）

■ 端午龙舟

爱国情浓，卫生备夏的端午节

在中国民间传统里，每年农历五月初五是端午节，这是整个夏季中最重要的节日，两千多年来，一直受到人们的普遍重视。而千百年来，一直受到人们普遍怀念的，还有传说在端午节这一天投江殉国的爱国诗人屈原。

端午节的起源与屈原

中华文化丛书
ZHONGHUA WENHUA CONGSHU

中 华 节 日

▼ 屈原像

端午节的起源既与水边族群对龙图腾的崇拜和祭祀有关，又与古人在夏至将临时需要避毒防疫的措施有关。但各地却喜欢用自己乡先贤的有关传说加以诠释。人们最看中的是屈原。

屈原（公元前340～前278年）是中国古代著名的具有高洁人格的杰出的政治家和爱国诗人。他生于战国末期的楚国，出生地在今湖北秭归。屈原出身贵族，明于治乱，娴于辞令，早年深受楚怀王的宠信，是楚国内政外交的核心人物；当时年仅二十多岁，可谓少年得志。但屈原的主张遭到保守派的反对、诋毁，不久他被免去官职，楚怀王渐渐疏远了屈原。屈原受诽谤迫害不变志，也并没有放弃对未来道路的探索，"路漫漫其修远兮，吾将上下而求索"。秦国接连攻占了楚国八座城池，又派使臣请楚怀王去秦国议和。屈原识破了秦王的阴谋，冒死进宫陈述利害，楚怀王不但不听，反而将屈原逐出楚国都城。楚怀王如期赴会，一到秦国就被囚禁起来，楚怀王羞悔交加，忧郁成疾，三年后客死秦国。楚顷襄王继承王位不久，秦王派兵攻打楚国，顷襄王仓皇撤离京城，秦将白起攻破都城。

《天问图》▶

抱负远大而壮志难伸的屈原，在被流放到远离京都的沅、湘流域途中，终日忧愁，常常独自徘徊江边。一天，一位在江边垂钓的渔夫问屈原为什么如此失意落魄，他叹气道："举世皆醉唯我独醒，举世皆浊唯我独清。"他怀着难以抑制的忧郁悲愤，写下了《离骚》、《九章》、《天问》、《九歌》等不朽诗篇。在接连听到楚怀王客死和郢都被攻破的噩耗，国家濒于危亡的时刻，屈原仰天长叹不已，在写下绝笔之作《怀沙》之后，抱石投入了滚滚激流的汨罗江。这一天，正是农历的五月初五。

屈原以死来坚持自己的理想，用自己的生命谱写了一曲壮丽的爱国主义乐章。他的精神不断地积淀和传扬，以至于形成中华民族性格的精神特质。

▲ 端午节赛龙舟

传说屈原死后，楚国百姓十分哀痛，纷纷涌到汨罗江边去凭吊屈原。渔夫们划起船只，在江上来回打捞他的身体。有位渔夫拿出事先准备好的饭团、鸡蛋等食物，丢进江里，说是让鱼龙虾蟹吃饱了，它们就不会去咬屈大夫的身体了。有的说黏米可以粘住鱼的嘴，使鱼不吃屈原的尸体。人们见后纷纷仿效。一位老郎中则拿来一坛雄黄酒倒进江里，说是要药昏蛟龙水兽，使屈大夫的尸体免遭伤害。过了一会儿，水面上浮起了一条昏晕的蛟龙，龙须上还沾着一片屈大夫的衣襟，人们就把这条恶龙拉上岸，抽了它的筋，把龙筋缠在孩子们的手上、脖子上；又用雄黄酒涂抹在孩子们的七窍上，有的还用雄黄酒在小孩子的额头上写上一个"王"字，使那些毒蛇害虫都不敢来伤害他们。后来的人们又想出用粽叶包饭，外缠彩丝，做成"粽子"。这就是今天端午节喝雄黄酒与吃粽子的文化内涵。以后，每年的农历五月初五屈原投江殉难日，楚国人民都要吃粽子，喝雄黄酒，还要到江上划龙舟，以此来纪念屈原这位伟大的爱国诗人。

在江苏、上海一带的吴国故地，人们把端午节与纪念春秋时期的伍子胥(公元前?～前484年)联系起来。伍子胥也是楚国人，

伍子胥像 ▲

因父兄为楚平王所杀，乃投奔吴国，助吴王阖闾(公元前?~前496年)伐楚，五战而攻入楚都郢。时楚平王已死，伍子胥掘平王墓，鞭尸三百，以报杀父兄之仇。后来，阖闾为越王勾践(公元前?~前465年)战败，受伤而死，其次子夫差(公元前?~前473年)继位，立志报仇。吴军士气高昂，百战百胜，越军大败，勾践请和，夫差许之。伍子胥建议，应彻底消灭越国，夫差不听。吴太宰受越贿赂，谗言陷害伍子胥，夫差信之，赐伍子胥"历镂"剑，令自刎，伍子胥以此死。伍子胥本为忠良，视死如归，死前含恨交代邻舍人："我死后，请挖出我的眼睛，悬挂在东门上，我要亲眼看着越国军队入城灭吴！"说罢，自刎而死。夫差闻伍子胥死前之言，大怒，令人取伍子胥尸体装入皮革中，于五月初五投入大江。伍子胥含冤死后，"后世遂划龙舟，作救伍员状"。传说中伍子胥变成了"波涛之神"，钱塘江大潮就反映"子胥之怒"。这样，在江浙一带，端午节就成了纪念伍子胥的日子。在苏州胥门，至今仍完好地保存着古城墙，据说即为两千五百多年前的伍子胥所修筑。

在浙江的东部地区，当地居民把过端午节看做是纪念孝女曹娥(公元130~143年)。史书记载，曹娥是东汉上虞人，父亲溺于江中，数日不见尸体。年仅十四岁的曹娥，沿江号哭，昼夜不停。过了十七天，在五月初五这一天，曹娥也投入江中。又过了三日，曹娥终于抱着父亲的尸体，浮出江面。此事传到县府，上虞县官改葬娥于江南道旁，刻石立碑，以颂扬她的孝行。后人又在曹娥投江之处兴建曹娥庙，将她曾居住过的村镇改名为"曹娥镇"，曹娥殉父之江则更名为"曹娥江"，并一直沿袭至今。尤其是曹娥庙，几乎成为当地的一个重要标志。该庙始建于东汉年间，此后几度毁坏，几度重建。1985年重修开放，被誉为"江南第一庙"。

在浙江越国故地，还有认为端午节来源于越王勾践操练水军的说法。而龙舟竞渡活动，也被认为是为了纪念越王勾践操练水师、打败吴国的历史。据传，勾践战败被俘后，在吴国过了三年忍辱含垢的生活，骗得了吴王夫差的信任，被放回越国。回国后，勾践卧薪尝胆，立志雪耻，于当年五月初五成立水师，开始操练。数年后，终于一举消灭吴国。后人为昭彰勾践卧薪尝胆坚忍不拔的精神，便效仿越国水师演练时的情景，于五月初五这一天划船竞渡，以示纪念。

◀ 划龙舟

83

龙舟竞渡　粽子飘香

　　端午节这一天，南方各地多举行龙舟竞渡。而中国的满、朝鲜、白、苗、哈尼、纳西、瑶、蒙古、布依等少数民族，也流行此节，又各有其风俗。如满族的拜天、射柳、击球；朝鲜族的荡秋千、踏跳板等。这些活动均有利于强身健体，尤其是赛龙舟，作为一项源远流长的群众性娱乐活动，今天已突破了时间与空间的限制，成为国际性的体育竞赛项目。

　　龙舟竞渡　又称"划龙船"、"赛龙舟"、"龙船赛会"等。为什么竞渡要赛"龙舟"，而不赛其他什么"舟"呢？传说，龙有喜水、好飞、善变、征瑞等神性和兴云布雨、司水理水的神职，自古以来，就受到中华民族尤其是生活在江河湖泊的众多的水乡各族人民的崇拜。人们相信，通过声势浩大的竞赛龙舟，能使天上、水中的神龙心神愉悦，从而恪尽神职，保佑一方水土风调雨顺，驱邪消灾。至今全国各地还遗存了不少的龙王庙，就是明证。老百姓把竞渡与纪念屈原等人联系起来，无非是认为这些人的"人性"和龙的"神性"有相通之处，可以分担龙的一部分"神职"。比如伍子胥就

赛龙舟 ▼

▲ 赛龙舟

曾被奉为长江水域的"水仙"、"涛神"、"潮神"和"江神"，屈原也曾被封为"广源顺济王"，有"江神即楚大夫屈原"之说。

正式用作竞渡的龙舟，是做成龙形或刻有龙纹的船只，与古代那些有"真龙天子"之称的帝王们行走水路时所乘的龙舟不同。皇帝乘坐的龙舟，高大宽敞，雄伟奢华，舟上楼阁巍峨，舟身精雕细镂，彩绘金饰，气象非凡。而民间用来竞渡的龙舟，一般都做得窄小狭长一些，以利赛事。但其形制因时代而变化，因地域而不同。例如：旧时西湖上的龙舟，长约四五丈，头尾高翘，彩画成龙形。船首有龙头太子和秋千架，均以小孩装扮，太子立而不动，秋千上下推移；旁列弓、弩、剑、戟等"十八般兵器"和各式旗帜。中舱分上下两层，中舱下层敲打锣鼓，旁坐水手划船。尾竖蜈蚣旗。又如：苏州的龙舟分成各色，四角

赛龙舟 ▲

遍插旌旗，迎风招展，舱中鼓乐笙箫，粗细间作。两旁有划手十六人，船头立篙师一人，执长篙，称"挡头"。船头亭上，选面端貌正的儿童，装扮成台阁故事，称"龙头太子"。船尾高丈余，牵系彩绳，由擅长嬉水的小儿表演"独占鳌头"、"童子拜观音"、"杨妃春睡"等节目。

今天用来竞渡的龙船，已比旧时简化了许多。船分青龙、黄龙、白龙、黑龙等，船身、船上的罗伞旌旗等装饰，以及划手们的服装乃至船桨，都要求一色。湖北、湖南等地的龙舟短则七丈多，长则十一丈余，划动时有如游龙戏水。福建的龙舟，船首雕刻的龙，口能开合，舌能转动，栩栩如生。贵州的龙舟由三只独木船联合而成，中间较长的一只称"母船"，船上有鼓手指挥，两边的两只船身稍短，称"子船"。竞渡之习，盛行于长江流域各省及岭南地区，而楚国故地湖南、湖北及广东、广西、福建、江西、四川、江苏、浙江等省尤甚。这些地区每逢端午节赛龙舟，沿赛途的江两岸十数里人山人海，竞渡时，锣鼓大作，旌旗如云，两岸观众夹江而呼，呐喊助威，声势如同山呼海啸一般。这种群体性的民间体育竞赛活动，极大地激发了群众的节日激情。龙舟竞渡也传到了日本及东南亚诸国。比如：日本的九州、冲绳等沿海地区，就流行一种叫"爬龙"的赛船活动。新加坡常在端午节这天，举行全国性的龙舟比赛。

　　龙舟竞渡今天已经是中国正式的体育竞赛项目。一年一度的中国"屈原杯"龙舟赛，吸引了来自全国各地的选手参加，观众多达十余万人。2005年，龙舟赛已经成为东亚运动会正式比赛项目。目前，中国龙舟协会已经通过亚洲龙舟联合会，向亚奥理事会申请，将龙舟赛作为2010年广州亚运会正式比赛项目。或许有一天，龙舟赛将会进入奥运会这个全球最大的、最凝聚人心的、最体现人类和平愿望的大舞台。

▼ 赛龙舟

包粽子　中国各地及近邻诸国，多有此俗。因此，端午节又称"粽子节"。古人包粽子在吃以前先做游戏，比赛看谁解下的粽叶长，因此，有人把端午节又叫做"解粽节"。

春秋时期，主要有两种粽子："角黍"和"筒粽"。到晋代，端午包粽子成为全国性风俗。这时包粽子的原料除糯米外，还添加中药材"益智仁"，煮熟的粽子称"益智粽"。唐代长安有专营粽子的店铺，粽子馅已有多种果仁。当时的长安人常吃一种"百索粽子"，因上面缠有许多丝线或草索而得名。唐明皇宫中还常常在端午这天赶制许多粉团粽子，让人们用小弓去射，谁射中哪只就吃哪只。连日本文献中也记载有"大唐粽子"。宋代时，已有"蜜饯粽"，即果品入粽，这时还出现用粽子堆成楼台亭阁、木车牛马做的广告，还出现了"艾香粽子"。今天流行的"火腿粽子"则出现在清代乾隆年间。

如今的粽子更是多种多样，各地一般都用箬（ruò）壳包糯米，但品种花色则根据各地特产和风俗而定。著名的有桂圆粽、肉粽、水晶粽、莲蓉粽、蜜饯粽、板栗粽、辣粽、酸菜粽、火腿粽、咸蛋粽等。就造型而言，各地的粽子有三角形、四角锥形、枕头形、小宝塔形、圆棒形等。粽叶的材料也因地而异，南方因为盛产竹子，就地取材以竹叶来缚粽。一般人都喜欢采用新鲜竹叶，熟了

以后有竹叶的清香。北方人则习惯用苇叶来绑粽子，苇叶叶片细长而窄，所以需两三片重叠起来使用。

艾蒲芬芳　驱疫迎夏

　　端午节自古以来就是民间一年一度的全民"卫生防疫节"，是民间一种自觉的防疫防病方式。在古代的条件下，端午节时人们洒扫庭院铲除虫菌孳生地，用雄黄水、雄黄酒消毒，佩戴防疫健体的各种香囊荷包，采集各种药材，烧药草汤洗浴……富有民俗特征的还有"艾虎"和"蒲剑"：艾，又叫"艾蒿"，菊科多年生草本植物，入中药可以祛湿寒，干艾搓成绳点燃可以驱蚊蝇，艾绒做成灸条可以治病。将艾叶剪为虎形，或将艾叶贴在虎形的彩纸上，就叫"艾虎"，人们佩戴或张挂，祈求避邪驱瘴。蒲，即菖蒲，含挥发性芳香油，叶子中间有脊线，状如宝剑，用菖蒲做剑，或插或贴于门楣，"蒲剑"可以散发芳香，清除污浊空气，驱赶飞虫。这些都是利用自然资源防疫防治，处处蕴涵着关注生命的人文精神，体现了中华民族古代的科学智慧和灿烂文化。2003年春，当"非典"肆虐时，艾叶、菖蒲等又光临百姓家中，古老的端午习俗又回到人们的记忆中。

▼ 采艾蒿

■ 牛郎织女

浪漫温馨的七夕节——中华情侣节

中华文化 丛书
ZHONGHUA WENHUA CONGSHU

中 华 节 日

一位从法国留学回来的中国学生谈到他在法国的经历时，讲述了这样一件事：刚到法国那年，正值 2 月 14 日情人节，学校指派辅助我们的法国学生给我们介绍情人节的来历，让我们既学习了法语，又增长了见识，大家都听得津津有味。故事讲完，那位法国学生随即问道："有没有中国情人节？"马上有人不假思索地说："当然有！"于是法国学生让他用法语仔细讲一讲。虽然从他不大连贯的话语中，法国学生都能猜出中国情侣节指的是"七夕"，但看得出来，那位法国学生还是"一头雾水"。

一个富有诗意的神话

那么，我们这里就来说说中国的情侣节。没错，中国情侣节指的是中国传统节日中的七夕节，也称之为"乞巧节"。每年农历的七月初七就是中国传统的七夕节。

西方人都知道他们的情人节最初起源于公元300年古代罗马的时候，是由来已久的传统节日。中国的七夕节起源于两千多年前的汉代，并且自千百年来，在民间流传着一个最富有诗意的神话——牛郎、织女的故事。

在晴朗的夏秋之夜，天上繁星闪烁，一道白茫茫的银河像

91

牛郎织女画 ▶

一条天河横贯南北，银河的东西两岸，各有一颗闪亮的星星，隔河相望，遥遥相对，那就是牵牛星和织女星。 相传，每年的七夕夜晚，是天上织女与牛郎在鹊桥相会的时候。织女是一个美丽聪明、心灵手巧的仙女，凡间的妇女便在这一天晚上向她乞求智慧和巧艺，也少不了向她求赐美满姻缘。

人们传说在七夕的夜晚，抬头可以看到牛郎织女银河相会，或可在瓜果架下偷听到两人银河相会时的脉脉情话。七夕坐看牵牛织女星，便成为民间的习俗。姑娘们在这个充满浪漫气息的晚上，对着天空的朗朗明月，摆上时令瓜果，朝天祭拜，乞求天上的女神能赋予她们聪慧的心灵和灵巧的双手，让自己的针织女红技法娴熟，更乞求爱情婚姻的姻缘巧配。过去婚姻对于女性来说是决定一生幸福与否的终身大事，所以，世间无数的有情男女都会在这个月朗水清的夜晚，对着星空祈祷自己的姻缘美满。

美丽动人的爱情故事

在中国，牛郎织女的传说家喻户晓，这是一个美丽动人的爱情故事。

很久很久以前，有个聪明、忠厚的小伙子，父母早亡，只好跟着哥哥嫂嫂度日。嫂嫂为人狠毒，经常虐待他，逼他干很多的活儿。一年秋天，嫂嫂逼他去放牛，给他九头牛，却要他等有了十头牛时才能回家，牛郎无奈只好赶着牛出了村。牛郎独自一人赶着牛进了山，在草深林密的山上，他坐在树下伤心，不知道何时才能赶着十头牛回家。这时，有位须发皆白的老人出现在他的面前，得知他的遭遇后，笑着对他说："别难过，在

▼ 牛郎织女画像石

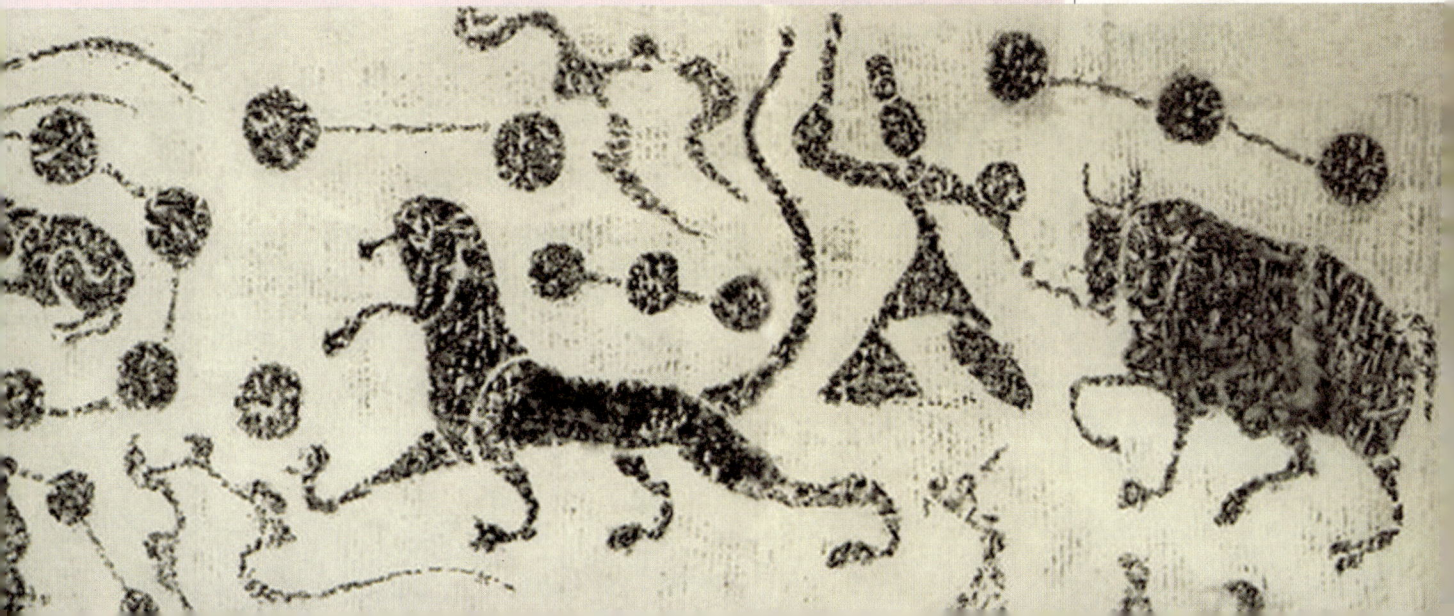

伏牛山里有一头病倒的老牛，你去好好喂养它，等老牛病好以后，你就可以赶着它回家了。"牛郎翻山越岭，走了很远的路，终于找到了那头有病的老牛。他看到老牛病得厉害，就去给老牛打来一捆捆草，一连喂了三天，老牛吃饱了，才抬起头告诉他：自己摔坏了腿，无法动弹。这种伤需要用百花的露水洗一个月才能好。牛郎不畏辛苦，细心地照料老牛，白天为老牛采花接露水治伤，晚上依偎在老牛身边睡觉，到老牛病好后，牛郎高高兴兴赶着十头牛回了家。回家后，嫂嫂对他仍旧不好，屡次要加害他。原来老牛本是天上的灰牛大仙，因触犯了天规被贬下来，它屡次设法救了牛郎。嫂嫂最后恼羞成怒把牛郎赶出家门，牛郎只要了那头老牛相随。

《牛郎织女》
高密扑灰年画(清) ▼

一天，天上的织女和诸仙女一起下凡游戏，在河里洗澡。牛郎在老牛的帮助下认识了织女，两人互生情意，织女便偷偷下凡，来到人间，做了牛郎的妻子。织女还把从天上带来的天蚕分给大家，并教大家养蚕、抽丝，织出又光又亮的绸缎。

牛郎和织女结婚后，男耕女织，情深义重，他们生了一男一女两个孩子，一家人生活得很幸福。但是好景不长，这事很快便让天帝知道，王母娘娘派天兵强行把织女带回天上，恩爱夫妻被拆散。牛郎上天无路，还是老牛告诉牛郎，在它死后，可以用它的皮做成鞋，穿着就可以上天。牛郎按照老牛的话做了，穿上牛皮做的鞋，挑着自己的儿女，一起腾云驾雾上天去追织女，眼见就要追上织女了，岂知王母娘娘拔下头上的金簪一划，一道波涛汹涌的天河出现在眼前挡住了去路，牛郎和织女被隔在两岸，一直苦苦相思，相爱相守。他们的忠贞爱情感动了喜鹊，每年农历七月初七千万只喜鹊飞来，首尾相接以自己的身体搭成鹊桥，让牛郎织女走上鹊桥相会，第二天喜鹊的头毛都秃了。从此，每年七月初七都是牛郎织女鹊桥相会之夕。

《七夕》邮票

后来，每到这天，姑娘们就会来到花前月下，抬头仰望星空，寻找银河两边的牛郎星和织女星，希望能看到他们一年一度的相会，乞求上天能让自己像织女那样心灵手巧，祈祷自己能有如意称心的美满婚姻，由此形成了"七夕节"。

因此，可以说，中国的七夕节是中华情侣节，是传统节日中最富浪漫色彩的一个节日。

乞巧习俗百花竞放

乞巧　我们知道，七夕这个节日始于汉代，后来才和牛郎、织女的故事相结合。因为传说中，织女的手艺极巧，能织出云彩一般美丽的天衣。为了使自己也能拥有织女一般的巧手，在少女之间，逐渐发展出了一种"乞巧"的习俗。乞巧的习俗汉代时就已形成。犹如我们现在的观摩会，那时针线活出色的女子，常常在每年农历七月初七进行现场示范，人们都来围观，向她请教学习。在唐宋诗词中妇女乞巧的内容屡见不鲜，唐朝的诗就有对七夕的描述：天上的星星闪烁，与衣上的珠光辉映，七夕的时候啊，宫女们竞相乞巧，一片繁忙。还有记载宫廷活动的书也有关于七夕的内容，说唐太宗与妃子每逢七夕，在宫廷里举行晚宴，宫女们都各自献巧，飞针走线纷纷呈上自己的工艺制作，以显示自己

《簪花仕女图》(唐·周昉) ▼

是很有手艺的不凡女子。这一习俗在民间也经久不衰，代代延续。

到了宋代、元代，七夕乞巧相当隆重，还成为拉动经济的杠杆，京城中设有专卖乞巧物品的市场，世人称为"乞巧市"。每年从七月初一的前三天至七夕，车马不通行，道路拥堵，人流涌动，直至夜深人们才慢慢地散去。从乞巧市购买乞巧物的盛况，就可见当时七夕乞巧节的热闹景象。人们从七月初一就开始办置乞巧物品，乞巧市场车水马龙，到了临近七夕的日子简直成了人的海洋，说明乞巧节是古人盛大的节日之一。

▲ 祭月礼

当时乞巧用的针就分双眼、五孔、七孔、九孔之多。七夕晚上，手拿丝线，对着月光穿针，看谁先穿过就是"得巧"。除此之外，七夕当天还得在月下设香案，供上水果、鲜花，向织女乞巧。据说，有一位女子，十分擅长裁缝工艺，有一年的七夕她乞巧时，看到一枚流星掉在她的香案。第二天早上一看，原来是只金梭。从此之后，她的聪明灵巧更加出类拔萃，纺织水平提高超乎寻常。乞巧的方式之多，甚至连祭织女的供品也可派上用场。供品中必不可少的是瓜果，如果夜里有子（一种小

97

明青花文魁星斗图 ▶

蜘蛛）在瓜果上结网，就表示该女子已得巧。还有悄悄地听哭
声的讲究，必须是女孩，在夜深人静之时，悄悄地走近古井旁，
或是葡萄架等豆棚瓜架下屏息静听，如果隐隐之中能听到牛郎、
织女对谈或是哭泣的声音，这个女子必能得巧。

祭拜魁星　七夕妇女乞巧，男子也没闲着。因为古代一直
流传着七月初七魁星生日的说法，魁星掌管文人的事，想求取
功名的读书人特别崇敬魁星，所以一定在七夕这天祭拜，祈求
魁星保佑自己考运亨通。魁星，二十八宿中的奎星，为北斗七
星的第一颗星。所以古代流行用"一举夺魁"来表示考试取得
第一名。

赛巧　七夕乞巧的重头戏是在女孩身上，姑娘们在七月初
七的夜晚，穿针引线做些小物品，进行各种验巧赛巧活动，各
个地区乞巧的方式不尽相同，各有趣味。在山东鄄城、曹县、平

原等地，吃巧饭乞巧的风俗十分有趣：七个要好的姑娘集粮集菜包饺子，把一枚铜钱、一根针和一个红枣分别包到三个水饺里，乞巧活动以后，她们聚在一起吃水饺，传说吃到钱的有福，吃到针的手巧，吃到枣的早婚。诸城、滕县、邹县一带把七夕这天下的雨叫做"相思雨"或"相思泪"，都与牛郎织女有关。胶东、鲁西南等地传说这天喜鹊极少，都到天上搭鹊桥去了。

随着中国社会的日益现代化，不少民间传统的七夕节俗已淡化或逐渐被其他的活动方式所取代，但富有浪漫色彩象征忠贞爱情的牛郎织女的传说故事及其精神，依然家喻户晓，人人皆知，是名副其实的中华情侣节。所以全国政协委员李汉秋教授建议将七夕节作为中华情侣节，得到广泛的赞同，各地围绕爱情主题开展活动，形成许多新的节俗。

嫦娥奔月图

月圆人圆，喜庆丰收的中秋节

农历八月十五，正值秋季的当中，称为"中秋节"。中秋节与月亮有不解之缘，又称为"月节"。在中国，嫦娥奔月的故事家喻户晓。中国政府正在开展的探月工程，就被命名为"嫦娥一号"。

嫦娥奔月

传说嫦娥是中国古代神话中的一位美丽女子，她的名字与中秋节紧密相连。嫦娥的丈夫是个名叫"后羿"的英雄。当时十日齐出，天气炎热，庄稼都晒焦了，神州大地面临巨大的恐怖和灾害。后羿为民除害，射落九日，只留下一个太阳，人们得以正常生活，后羿赢得了天下人的敬爱。他听说昆仑山西王母那里有种"不死药"，这种药，一人吃了可以升天，两个人分吃了，可以长生不老。于是，他跋山涉水，前往讨取，终于得到。后羿与嫦娥夫妻恩爱，他舍不得心爱的妻子，也舍不得众乡亲，不愿意一个人上天成仙，就把药带回家交给嫦娥保存。后羿手下有个徒

中华文化 丛书
ZHONGHUA WENHUA CONGSHU

中 华 节 日

▼ 嫦娥图

101

弟，是个奸佞小人，在八月十五趁后羿出猎之机，威逼嫦娥交出"不死药"。嫦娥为使"不死药"不落入坏人手中，便一口吞下肚去。不料吞下药后，她身轻如燕，竟身不由己地飞上了月宫。后羿回到家中，思念爱妻，便在院子里设下供案，摆上瓜果食品，对月中的嫦娥遥拜。人们也纷纷仿效，以后年年如此。传说八月十五这个节日与此有关。嫦娥后来被人们视为"月神"，又被联想为"玉兔"，故而嫦娥捣药多被称为"玉兔捣药"。

以圆月为中心的节俗

吃月饼 中秋节最重要的习俗首推吃月饼。吃月饼的习俗在宋代就有了，当时制作月饼不仅讲究味道，而且在饼面上设计了各种各样与月宫传说有关的图案。饼面上的图案，起初大概是先画在纸上然后粘贴在饼面上，后来干脆用面模压制在月饼上面。满月形的月饼像十五的圆月一样象征着大团圆，人们把它当做节日食品，用它祭月，用它赠送亲友。祭月的月饼大的直径有一尺多长，上面绘有月宫、蟾蜍、玉兔等图案。这种特制的月饼

广式月饼 ▼

102

一般在祭月之后就由家人分享，也有的留到除夕再来享用，人们俗称"团圆饼"。天上月圆，地上饼圆，人间团圆。团圆饼是人月两圆的象征物，有文化内涵。授受月饼礼品，表达或分享了亲友之间的情意，让人感受相互关爱、和谐愉快的人际关系，从而得到情感的慰藉和满足。所以中秋月饼不仅是单纯的食物，它已成为中秋节日的象征符号，感情的寄托物。

现代月饼有浓郁的地域风格，有京式月饼、广式月饼、苏式月饼、甬(宁波)式月饼等。月饼的馅、形制及加工方法也各有不同。京式月饼，酥皮、冰糖馅；广式月饼以糖浆面皮为主，有酥皮、硬皮两种，月饼有咸甜两味，馅有肉类与莲蓉、豆沙等；苏式月饼，也是酥皮，饼馅常用桃仁、瓜子、松子，配以桂花、玫瑰花等天然香料；甬式月饼，酥皮，多用苔菜为馅。传统的月饼糖多油重，近年来，随着人们物质文化生活水平的提高，多流行以果蔬类为馅的低糖月饼。

月饼 ▲

中秋月饼的吃法还有讲究，一般切月饼都要均匀切成若干份，按家庭人口数平分，每人都享受到月饼的一块，象征每个家庭成员都是团圆的一部分。如家中有人外出，便特地留下一份，表示他也参加了家庭团聚，这块月饼留待他回来时享用。这种以饮食团聚家人的方式是中国人所特有的文化习俗，实际上是一种家庭礼仪。

中秋节为花好月圆之时。"海上生明月，天涯共此时。"人们由天上的月圆联想到人间的团圆，团圆意味着圆满幸福，因此中秋被视为"团圆节"。团圆是中秋节俗的中心意义。

赏月拜月　中秋节源于古代的月亮崇拜，由拜月发展为赏月。又因"天人相应"的理念，天上月圆，人间团圆，因此，阖家团圆、品尝月饼、赏月拜月是民间过中秋节的应有之义。从唐代中叶开始，中秋赏月之风日盛，成为时尚。"床前明月光，疑是地上霜。举头望明月，低头思故乡。"一首李白（公元701～762年）的《静夜思》，妇孺成诵。有一年的八月十五夜晚，道士罗公远陪唐明皇赏月，唐明皇无意中说道："如能上得月宫去游玩一次多好呀！"罗公远说道："万岁想游月宫，那不困难。"说罢口中念念有词，又把拐杖朝空中一掷，眼前立即现出一座银色的天桥，通向月亮。两人一同登桥，不一会儿，只觉得一阵寒气袭来，香味扑鼻。两人来到一座宫城门口，门口一棵桂花树又高又大，树下有只白兔在捣药，只见城楼门匾上写着"广寒清虚之府"几个大字，两人知道这是到了广寒宫了。进了月宫，只见琼楼玉宇、奇葩瑶草，数百名仙女翩翩起舞，悠扬的音乐声在空中飘荡回响。唐明皇精通乐律，暗暗记下。游了一遭之后，唐明皇依依不舍地回往人间，落地时一震而醒，方知原是一场梦。唐明皇赶紧记下在月宫听到的仙乐，经整理，便是著名的《霓裳羽衣曲》。从时令上说，中秋是"秋收节"，春播夏种的谷物到了秋天就该收获了。自古以来，人们便在这个季节饮酒舞蹈，喜气洋洋地庆祝丰收。中秋节的夜晚人们一边祭月、赏月，一边分享丰收的果实，其乐融融。

◀ 中秋拜月图（清）

105

明朝北京人八月十五祭月，人们在市场上买一种特制的"月光纸"，上面绘有月光菩萨像，月光菩萨端坐在莲花座上，旁边有玉兔持杵如人似的站立着，并在臼中捣药。这种月光菩萨像小的三寸，大的一丈多长，画像金碧辉煌，非常精致。北京人家家设月光菩萨神位，供圆形的果、饼与西瓜，西瓜要切成莲花状。晚上，在月出之方，向月供祭、叩拜，叩拜之后，将月光纸焚化，一家人共享撤下来的供品。祭月、拜月是中秋时节全国通行的习俗。

月光纸 ▶

拜月不分男女。宋代京城中秋之夜，倾城人家，焚香拜月，各有所期。男孩期望早步蟾宫，高攀仙桂，就是期望早登科举成名。女孩则祈求有一副美丽的容颜，愿貌似嫦娥，圆如洁月。明清以后，男子拜月渐少，月亮神逐渐成为女性崇拜的对象。北京有所谓"男不拜月，女不祭灶"的俗谚。那时北京中秋节新添了一个节令物件——彩兔，清人昵称玉兔为"兔儿爷"。人们用黄沙土做玉兔，装饰以五彩颜色。"兔儿爷"的制作工艺精美，造型千奇百状、滑稽有趣，京城人"齐聚天街月下，市而易之"。"兔儿爷"给市井生活增添了许多情趣。20世纪初，民间索性将祭月称为"供兔儿爷"。

中秋节赏月还与一位名叫"吴刚"的男子有关。传说吴刚因为学仙犯了错，被天帝贬到月宫去砍桂树，桂树高五百丈，什么时候他将这棵树砍断，就算刑罚期满。可是这棵桂树是棵神树，随砍随合，因此吴刚伐桂，只能永远地砍个不停。人们在中秋赏月时，常将月亮上的影子看做是桂花树，说是吴刚就在那里砍树。

华夏神州赏月胜地不胜枚举，以下十处为久负盛名的传统赏月之地。

平湖秋月：位于浙江杭州西湖白堤西侧。

▲ 宫廷兔儿爷泥塑(清)

三潭印月：在杭州西湖小瀛州"我心相印"亭前，有三座石塔，塔身内空，均呈球形，其壁各有五个小孔。每当皓月凌空，人们在石塔内点燃烛光，烛光透过小圆孔投进深潭，在湖面上映出无数个小月亮，与倒映在湖上的明月相映成趣。

象山夜月：在广西桂林漓江边的象鼻山，象鼻和象身中间有一水月洞，江水从洞中横贯而过。中秋之夜，乘小舟作江上游，驶入水月洞，便见"水底有明月，水上明月浮，水流月不去，月去水还流"的绝妙景观。

平湖秋月 ▲

太清水月：登上山东青岛崂山太清宫东边的山顶，烟波浩渺的大海立刻展现在眼前，天上月与海上月交相辉映，水生光，月更明，恍如置身于仙境之中。

石湖串月：位于江苏苏州西南郊，湖上有座行春桥，桥有九个环洞，洞洞相连，倒映水中，美妙神奇。每年农历八月十八日夜，月光皎洁，桥洞中月影如串，映于湖面，煞是好看。

二泉映月：在江苏无锡市西郊惠山山麓、二泉池畔。此地古木参天，并有"二泉亭"、"漪澜堂"、"景微堂"等建筑，都是品泉赏月的极佳位置。每年中秋之夜，观赏那汩汩清泉之中映出一轮皎皎明月，楚楚倒映，恍如身临广寒之宫。

卢沟晓月：北京丰台永定河上的卢沟桥，是秋夜赏月的佳地，为"燕京八景"之一，但由于永定河时盈时涸，此景已不易见到。而由此南行五十公里，还有一处"胡良晓月"，为河北

"涿州八景"之一。

二十四桥月夜：在江苏扬州，唐朝诗人杜牧（公元803～约850年）有"二十四桥明月夜，玉人何处教吹箫"的名句。

华严月色：在江苏镇江市东北长江中的焦山华严阁观赏长江月景，可见天地间空明一片，明月高悬，大江奔腾东去，极为壮观。

洞庭秋月："潇湘八景"之一，最佳观赏地在湖南岳阳市的岳阳楼。中秋夜，明月渐上中天，此时于岳阳楼前放眼湖中，只见湖平如镜，月光似泻，令人心旷神怡。

燃灯　中秋节，有许多的游戏活动，首先是玩花灯，不是像元宵节那样的大型灯会，主要是在家庭、儿童之间进行。南方民间还有燃灯习俗，燃的是宝塔形状的宝塔灯。清代苏州村民在旷野用瓦叠成七级宝塔，中间供地藏王，四周燃灯，称为"塔灯"。广州儿童燃番塔灯，用碎瓦搭成；还有柚皮灯，用红柚皮雕刻各种人物花草，中间安放一个琉璃盏，红光四射。另

◀ 舞火龙

外一种是素馨茉莉灯，这种灯香气四溢。在安徽、江西、湖南等地都有砌宝塔灯的习俗。江西清江，中秋多镂瓜作灯，其形似月，儿童堆砌瓦砾作浮屠(佛塔)，中置薪柴，点燃后，"四面玲珑，如火树"。湖南宁乡儿童堆宝塔，中间焚烧，"以红透为吉兆"。这些燃烧塔灯或闹宝塔的民俗，都有着借助佛家力量求取生活平安的意义。

舞火龙　是香港中秋节最富传统特色的习俗。从每年农历八月十四晚起，铜锣湾大坑地区就一连三晚举行盛大的舞火龙活动。火龙长达七十多米，用珍珠草扎成三十二节的龙身，插满了长寿香。盛会之夜，大街小巷，一条条蜿蜒起伏的火龙，在灯光与龙鼓音乐下欢腾起舞，热闹非凡。

钱塘观潮　是浙江一带中秋节的传统习俗。中秋观潮的风俗由来已久，早在汉代枚乘（公元前？～前140年）的《七发》大赋中就有相当详尽的记述。汉代以后此风更盛，在宋代中秋观潮之事达到了巅峰。宋代大诗人苏轼（公元1037～1101年）写有《八月十五日看潮》的诗，就是说的此一中秋盛事。

《观潮图》(清·袁江) ▶

110

少数民族过中秋

中国有二十多个少数民族也过中秋节，节俗异彩纷呈。广西壮族习惯于在河中的竹排房上用米饼拜月，少女在水面放花灯，以测一生的幸福，并演唱优美的《请月姑》民歌。东北的朝鲜族则用木杆和松枝高搭"望月架"，先请老人上架探月，然后点燃望月架，敲长鼓，吹洞箫，一起合跳《农家乐舞》。贵州的仡佬族在节前的"虎日"，全寨合宰一头公牛，将牛心留到中秋夜祭祖灵，迎新谷，他们称为"八月节"。湖南、贵州等地的侗族则在这时让青年人郊游、欢会，称为"赶坪节"。第一天是芦笙会，第二天对歌。小伙子都要化妆，向心上人表达情意。云南的傣族是对空鸣放火枪，然后围坐饮酒，品尝狗肉汤锅、猪肉干巴、腌蛋和干黄鳝，谈笑望月。海南黎族称中秋节为"八月会"或"调声节"。届时各集镇举行歌舞聚会，每村由一"调声头"（即领队）率领男女青年参加舞会。当人员聚齐后，大家互赠月饼、香糕、甜粑、花巾、彩扇和背心，成群结队，川流不息。入夜便聚集在火旁，烤食野味，痛饮米酒，举行盛大的调声对歌演唱会。

▼ 赶歌会的壮族姑娘

111

■ 孔子墓碑

万世师表与中华教师节

教师节的设立，是中国政府对人民教师的尊敬和重视，是赋予教师的一项崇高的荣誉，是中华民族尊师优良传统的发扬光大。

中国古代没有设立专门的教师节，但师道尊严一直是学堂、社会与朝廷所特别关注的，而尊师重教最集中地体现在孔子身上。中国古代称教书者为"师"，并把"师"作为最受人尊敬的职业。春秋时的《尚书》将君师并提，荀子更明确提出"天地君亲师"的说法，可见"师"的地位之崇高。唐代大文豪韩愈（公元768～824年）在《师说》一文中说："古之学者必有师。师者，所以传道、受业、解惑也。"对教师一词作了极为深刻精辟的概括，将教师的职业价值提升到社会文化传递的高度。一千多年来，一直被中国人奉为经典，世代流传，也让历代的教书者引以为自豪，深感荣耀。在民间，更有"一日为师，终身为

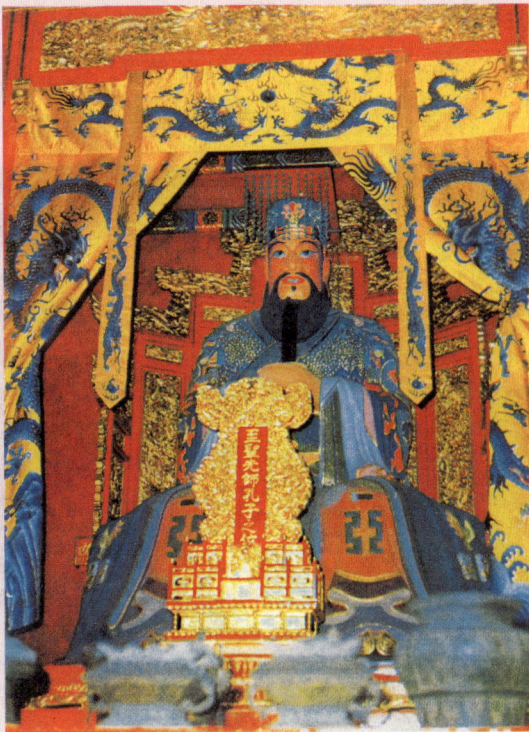

中华文化丛书
ZHONGHUA WENHUA CONGSHU

中华节日

◀ 大成殿内孔子像

父"，"师如父母"，"爱生如子"， 师生"亲如父子"等充分体现中华民族"尊师爱师"的传统美德，也反映了为师者的高尚师德。随着岁月的推移，"师"的称谓后来演化为"教师"、"老师"。"老师"的称谓体现了中华民族尊师重教的传统美德。

万世师表——孔子

孔子（公元前551～前479年）名孔丘，春秋时鲁国人。公元前551年生，诞辰日定在农历八月二十七日，后来换算为阳历的9月28日。他是中国教师的鼻祖，也是中国的第一位教育家，被后世礼称为"万世师表"。孔子首开大规模私人授课的先河，使普遍教育成为可能。他广收门徒，相传"贤人七十二，弟

孔子讲学蜡像复原图 ▶

▲ 孔门弟子图卷

子三千"。孔子自三十岁左右开始从事教育事业，终其一生。受过他教育的学生，大约有三千人，其中最出名的有七十余人，也有说得更具体的，七十二人。即使单从数字上看，孔子的成就也是很了不起的。

这得力于孔子在两千五百多年前提出的极其伟大的教育思想。孔子主张教育上要一视同仁，不能有歧视。他收的学生，家庭出身、性格特征、资质潜力、年龄大小、职业兴趣等各不相同，就是国别来源也很广，不仅是他祖国鲁国的，还有许多其他国家的，相当于招了不少今天所说的留学生。由于孔子本人生活和思想上的变化，他对于他的弟子的选拔和教育前后期的侧重点也有所不同，早年所收弟子重视培养他们从事政治活动的能力，晚年所收弟子则以培养他们做文化学术工作为主。孔子曾把他的弟子分为四大类，并列举了几个代表人物。德行：颜渊、闵子骞、冉伯牛、仲弓；政治：冉有、子路；口才：宰我、

115

子贡；文学：子游、子夏。这种分类虽然较粗，以今天的眼光看，不够严格，但却能够反映孔子选拔人才的标准比较宽泛，而且具有教育公平的思想。

"孔诞"可作教师节

孔子特别注重启发教育。他说："如果一个人不发愤求知，我不开导他；如果一个人不是到了自己努力钻研、百思不得其解而感觉困难的时候，我也不会引导他更加深入一层。譬如一张四方桌在这里，假使我告诉他，桌子的一角是方的，但他一点也不用心，竟然不能悟到那其余的三只角也是方的，我就没有必要向他讲别的了。"实际上孔子的教学往往能促使人在原来的想法上更上一层楼。有一次子贡问："一般人都喜欢这个人，这个人怎么样？"孔子回答道："这不够。"子贡又问："那么，一般人都不喜欢这个人呢？"孔子说："也不够。要一切好人都喜欢他，一切坏人都不喜欢他才行。"还有一次，孔子说子贡："你只是个器具呀！"子贡不解道："什么器具？"孔子回答："还好，是祭祀时用的器具。"在孔子看来，某些方面子贡只是个体面的器具，却没有注意到自己的全面发展。因为孔子认为："有学问、有修养的人不能像器具一样。"

以上有教无类、因材施教、启发诱导、举一反三等，都是

石刻孔子与众徒像 ▲

孔子的重要教育思想。孔子的重要教育思想还包括：温故知新、学思并重、教学相长、循序渐进、言传身教，以及礼、乐、射、御、书、数六艺教育，这些思想至今还不失其积极意义。而"学而不思则罔，思而不学则殆"、"学而不厌，诲人不倦"、"敏而好学，不耻下问"、"学而时习之"、"发愤忘食，乐以忘忧"、"后生可畏"、"当仁不让于师"等经典名句，为世人熟知，流传千年。正因为此，孔子被后人尊为"至圣先师"、"万世师表"，成为两千多年来中华民族最尊崇的人物之一，至今各地仍然留存的规模宏大且为数不菲的纪念孔子的庙宇，就是明证。

教师节与孔子的关系极为密切。远的不说，清代雍正五年（公元1727年）就明文规定："先师诞辰，官民军士，致斋一日，以为常。"到光绪二十九年（公元1903年），学校制度改革而兴学堂时，学堂管理通则还规定"至圣先师孔子诞日"为"庆祝日"。以后相沿。中华人民共和国成立后，1951年定五一国际劳动节为教师节；1985年定9月10日为教师节。从2004年以来，全国政协委员李汉秋等屡次提议：以孔子诞辰日为中华教师节。世界上有一些国家和地区已是这样。例如中国的香港和台湾，以及马来西亚等地。

▼ 孔庙全景

每逢佳節倍思親遙知兄弟

王維九日憶山中兄弟作余以范寬筆意寫之清湘濟

《忆山中（东）兄弟》写意图（清·石涛）

祈愿久长的重阳节——中华敬老节

中华文化丛书
ZHONGHUA WENHUA CONGSHU

中 华 节 日

　　农历九月初九，为重阳节。此时，秋高气爽，宜于登高，故又称为"登高节"。另有"茱萸节"、"菊花节"等别称。除汉族外，蒙古、彝、布依、白、土家、侗、畲、仫佬等少数民族也有在此日过节的，但名称和内容有所不同。1989年，中国政府将这一天明确为"中华敬老节"。

重阳节的源流

　　中国古人以九为阳数之极，所以九月初九"重九"又被称为"重阳"，"九"与"久"谐音，两个"九"相复合，人们认为有着不同寻常的意义，寄寓着长久和兴旺，所以必须把握好重阳这个"吉辰"。从时令看，每年重阳节之际，秋高气爽，碧云蓝天。过了九月初九，深秋临近，寒气日浓，大地渐渐萧瑟。所以，古往今来都极看重这个适应季节转换、准备辞秋入冬的重阳时令。重阳成为节日，与中国传统宗教有关。南朝梁代人吴均（公元469～520年）在《续齐谐记·重阳登高》一节记载有"桓景避难"的故事：东汉时汝南（今河南上蔡县西南）人桓景拜仙人费长房为师，学习道术。一天，费长房对桓景说："九月初九有大灾，去让你的家人缝制红色布囊，装入茱萸，绑在

《重阳端景》（清·王时敏）▶

手臂上，然后去登山、饮菊花酒，灾祸就会消除。"桓景照办，举家登山，一天平安无事。晚上回到家里，却见鸡犬牛羊都暴死于庭院，心里顿时明白。传说此后每到九月初九，人们就登高、野宴、佩戴茱萸、饮菊花酒，以求避祸趋祥。历代相沿，便成了重阳节的节日风俗。

重阳节的发端，一般认为始于先秦，以后相沿成习。大约到了汉代，已被广泛接受，形成风俗。根据东晋著名道家葛洪（公元284～363年）的《西京杂记》记载，汉高祖的宠妃戚夫人有位侍女叫"贾佩兰"，戚夫人被吕后害死后，贾氏被逐出宫，她追忆在宫中时，每年九月初九，佩茱萸，食蓬饵，饮菊花酒。后来重阳节作为法定假日，始于唐贞元四年（公元788年），大臣李泌奏请皇帝批准民间中和（二月二）、上巳（三月三）、重阳这三天为"三令节"。此奏获得批准后，诏令百官可于三令节休假一天。

　　1982年第36届联合国大会建议成员国政府各定一天为"老人日"。1989年中国政府定重阳节为中国的敬老节，从而为重阳节明确了敬老爱老的主题。

登高野游　佩插茱萸

　　登高　重阳登高节，也叫"登高会"。作家冰心在《寄小读者》中说："九月九重阳节，古人登高的日子，我们正好有远足旅行，游览名胜。"果真如此，长久以来，每逢农历九月初九，人们为了取吉利避祸灾，求长寿，便去登高。苏州地区重阳登高多去吴山，两千多年前的吴王夫差曾在此登临，后世便相沿成俗。西汉京都长安郊外有一座高台，每年九月初九京内士庶云集于此，游玩赏景，络绎不绝。唐代京都

▼ 重阳节观赏菊花的老人

重阳菊花 ▶

长安城的东南方向，有个乐游原，是全城的最高处，四望宽敞，俯视城内如掌，每年农历九月初九，京城士女均到此处登高，观赏游玩，祓禊(fú xì)祭祀。

重阳登高地点也并非一定要到郊外登攀高大山峰，宫苑里的小山，城市中的楼塔，都是美好的登临处。明代皇帝就喜爱在重阳节到御苑的万岁山、兔儿山和旋磨台，当然还要带上皇后等人一起去，那些身穿菊花补服的宫眷内官随同。明代的旋磨台并不高，皇帝每年重阳照例是在这里观看秋收打稻戏。清代皇帝有时在禁苑登高，有时则去西郊香山，有时还要北出关外，策马奔驰，山林狩猎。

重九登高，还有个重要的内容便是登高吟咏。古人把"登高必赋"视为大夫必须具备的九种才能之一。登高见广，于是赋诗抒情。《韩诗外传》卷七记载："孔子游于景山之上，子路、子贡、颜渊从。孔子曰：'君子登高必赋，小子愿者何？'"东汉班固的《汉书·艺文志》也说："传曰：不歌而诵谓之赋，登高能赋可以为大夫。"据说在唐代帝王都要趁重阳节之际登高饮宴，席中群臣应制赋诗，一派君臣欢乐景象。唐景龙三年（公元709年）九月初九，唐中宗李显在慈恩寺大雁塔设宴，群臣纷纷捧献菊花酒表示祝贺。又一年，唐中宗到渭亭登高，要求群臣赋诗，先成者赏，后成者罚。结果卢怀镇到最后也没写成，被罚酒三杯；韦安石因赋诗先成而受赏。可见，从前登高时不全在玩乐，还有才艺展现和比试等项目。

佩插茱萸　也就是"戴茱萸"、"着茱萸"，古时便已成为汉族民间节日的风俗，流行于黄河中下游、淮河流域、长江流域等地。茱萸，又名"越椒"、"艾子"，是茴香科落叶小乔木，有山茱萸、吴茱萸、食茱萸之分；其味辛辣，香气浓郁，有驱虫除湿，逐风邪，治寒热，消积食，利五脏等功用。它既是中药的常用药之一，也可用于食品中的调味品。每年农历九月初九重阳节时，民间流行采摘茱萸插戴头上，也有用茱萸入囊佩在身上的，认为能驱邪治病，抵御初寒，故俗称茱萸为"辟邪翁"。

唐代，此俗更盛，插戴茱萸，除用以驱邪治病外，又增加了寄托离情、装饰美容、祝颂延年等含义。唐诗中提到重

▼ 茱萸花海

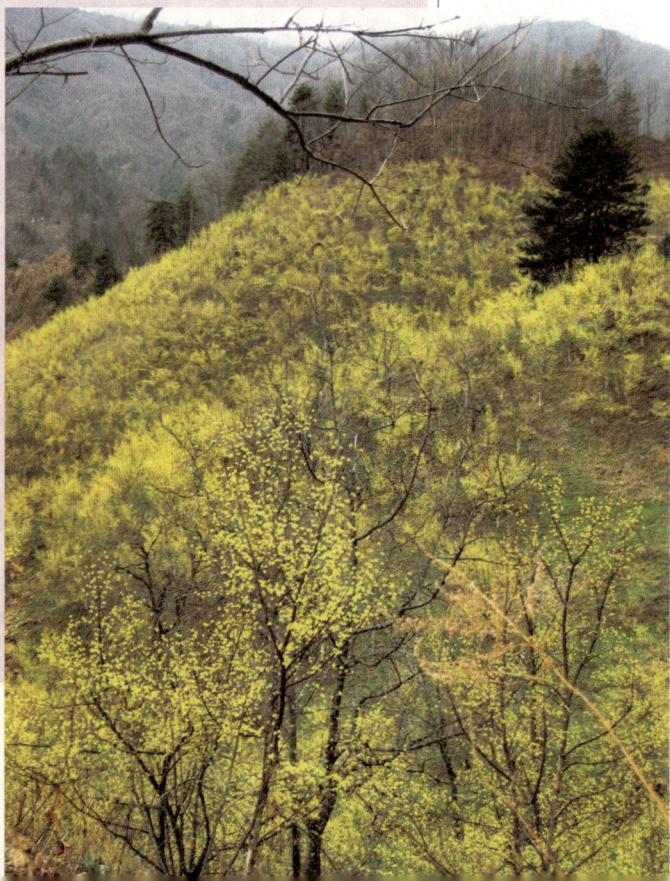

阳插茱萸风俗的就有数十处之多：如唐代诗人王维的"遥知兄弟登高处，遍插茱萸少一人。"（《九月九日忆山东兄弟》），至今还是脍炙人口的名句。唐代的重阳节已演变为文人学士登高赏秋、结社吟诗的节日，原来插茱萸驱邪的风俗，也渐渐变为远离他乡的游子遥思父母兄弟了。

菊花、菊花酒和重阳糕

重阳赏菊 ▶

农历九月旧称"菊月"，这个时候菊花盛开，重阳节正好为赏菊的黄金季节，成为重要节俗。中国古人认为，菊花高标逸韵，傲霜怒放，人们在赏菊时会产生一种高尚的心灵感应。菊花的风骨，娇美而又傲岸，刚强而又艳丽，历来为人们所称道和敬仰。所以，人们又称菊花为"长寿花"和"延龄客"。

服菊花 是长期以来汉族民间的医药风俗，流行于全国各地。因为菊花是在百花凋谢后迎着凉风盛开的，因此，古人视菊花为仙风傲骨的象征，视它为长寿的吉祥花，在餐菊饮菊中，祈望着生命的长久。中医学记载表明：菊花性辛，味甘、苦，微寒。素有明目解毒、清热祛风的功效。此外，菊花不仅能抑制毛细血管的通透性、发挥良好的抗炎作用，长期服用可增强体质、益寿延年。据东汉人应劭所编的《风俗通》记载：南阳郦县有个叫"甘谷"的地方，其谷两岸菊花丛生。菊花纷纷落入水中，谷中水质便甘甜香美。谷中居住的二十余户人家常饮此水，素来寿星辈出。上寿者一百二三十岁；中寿者百岁余；罕有七八十岁而故者则谓之夭折。现代医学应用中，菊花主要用以治疗心脑血管和眼科疾病。菊花加银花、桑叶、山楂，用开水冲泡10～15分钟后代茶饮，可治高血压。菊花以黄酒浸泡之后饮用，可治眩晕、视物昏花。用菊花做枕头，可治头痛、头晕、视力减退。菊花加陈艾作护膝，久用治膝关节疼痛。此外，由白菊茶和上等乌龙茶制成菊花茶，具有祛毒的作用，对体内积存的有害性化学和放射性物质，均有抵抗、排除的疗效。

菊花酒　　在古代被看做是重阳必饮、祛灾祈福的"吉祥酒"。酿制菊花酒，早在汉魏时期（公元前206～公元265年）就

▲ 菊花酒（明·《食物本草》）

已盛行。古人认为重阳常饮菊花酒能使人长寿。每到这一天，"人多提壶携食品，出郭登高，至名胜处饮酒赏节"。重阳节期间登高往往同饮菊花酒的聚会联系在一起。以后历代，重阳节饮菊花酒已相沿成俗。

重阳糕　不仅是节日的食品，还是神佛的供品，也是馈赠的礼品，流行于中国大部分地区。因用于农历九月初九佳节并且形色花巧，所以又叫"花糕"。重阳糕起源很早，唐代吃重阳糕的风气颇盛，已经出现用粉面蒸糕，不过并不专为重阳节的食俗。到了宋代，城市商业更加繁荣，市井之内出现了独立经营糕饼食品的店铺。"糕"与登高之"高"谐音，于是吃糕与登高同成节俗。

制作重阳糕 ▶

附录：

中国主要传统节日一览表

日　期	名　称	民　族	风　俗
正月初一	春节		
	扩塔节	拉祜族	祜族春节
	阿涅节	达斡尔族	达斡尔族春节
	蚂蚜节	壮族	找青蛙、祭祀青蛙、葬青蛙，歌舞娱乐
	花山节	苗族	举行踩花山仪式，男女对歌
	陀螺节	瑶族	赛陀螺
正月初二	认祖节	彝族	纪念祖先
正月初二至十四	赛诗节	傈僳族	赛诗、歌舞
正月初三（各地有异）	花炮节	侗族	抢花炮、唱侗戏、演彩调、吹芦笙
正月初五	破五		
	跳坡节	苗族	踏青、赶坡
正月初七	人日节		祭北斗星、忌用针、忌纺线
正月初八	谷神节		祭星、祭五谷神、祭八仙
正月初九	摆手节	土家族	祭祀祖先、祈求丰年、跳摆手舞
正月初十	年仔节	黎族	黎族小年、办家宴
正月十五	元宵节		

日 期	名 称	民 族	风 俗
正月十五	调年节	土家族	祭祀祖先、祈求丰收、歌舞
	祭五谷节	朝鲜族	祭社稷
正月十六	灯官会	满族	灯会、灯官巡行
	抹黑节	蒙古、锡伯、鄂温克、鄂伦春、达斡尔族	脸部抹黑
	伏羲诞		礼敬伏羲
正月十六至二十	芦笙节	苗族	吹芦笙
正月中旬	目脑节	景颇族	歌舞
正月三十	吃立节	壮族	庆祝抗法战争的胜利、补过春节
二月初一	中和节		祭日
	赶鸟节	瑶族	对歌、吃"鸟籽粑"
	龙抬头		闹社火、驱毒、剃头
	百花生日		贺花神、赏花
二月初二	花王节	壮族	杀鸡敬花王，祈求花王馈赠孩子并保佑儿童健康成长
	晾桥节	苗族	"接龙桥"上宰猪
	祭龙节	哈尼族	祭龙

日 期	名 称	民 族	风 俗
二月初三	人祖庙会、文昌帝君诞辰		祭文昌帝君
	祭龙节	苗族	祭龙
二月初八	插花节	彝族	搭花牌坊、房前屋后插鲜花
	刀杆节	傈僳族	跳火海、上刀杆
二月十二	百花娘娘诞		礼敬百花娘娘
二月十五	佛祖升天日		礼佛
二月十九	观音会		烧香拜佛、求签许愿、祈求母子平安
	花王节	壮族	礼敬生育女神、妇女节
二月二十二	狗诞辰节	壮族	吃狗肉
二月（立春后第五个戊日）	春社节		祭祀土地神、祈求五谷丰登
正月或二月（日期不定）	萨玛节	侗族	祭祀萨玛（大祖母）
三月初三	上巳节		祭高禖、求婚育、会男女
	歌节	壮族	做五色糯饭、染彩色蛋、歌会
	三月三节	黎族	祭拜祖先、庆贺新生
	娃娃节	彝族	小孩携米、蛋、肉等上山，放牛煮饭，群聚过节

日 期	名 称	民 族	风 俗
三月初三	干巴节	瑶族	围猎、捕鱼
三月初七	宝瓶节	藏族	诵经、装聚宝瓶、求丰收
三月初八	换衣节	藏族	换夏季服装
三月初九	杀鱼节	苗族	吃鲜鱼、唱山歌、吹芦笙
三月十五	姊妹节	苗族	吃姊妹饭、对歌
	播种节	佤族	祭祖、剽牛仪、播种旱谷
	仙女节	怒族	祭祀仙女洞、迎圣水、歌舞、体育竞技等
三月十五至二十	三月节	白族	赶街、赛马
三月十六	老把头节	满族	祭祀掌管山林的山神、跳木把舞
三月十九	爬山节	苗族	赛爬山、对歌
三月二十八	赛装节	彝族	展示新装、歌舞
	仓颉诞		纪念仓颉
清明节前一日	寒食节		纪念春秋时晋国介子推
公历四月五日或六日	清明节		
傣历六月十五（清明节前后十余天）	泼水节	傣族	泼水、赛龙舟、丢包、放高升、放火花
四月初一	祭山会	羌族	祭山、祈求丰年

130

日　期	名　称	民　族	风　俗
四月初二	孟子诞辰拟中华母亲节		
四月初八	浴佛（释迦牟尼生日）		祭祀佛祖、庙会
	牛王节	壮族	祭牛魂、礼敬耕牛
	姑娘节	侗族	女儿回娘家、吃乌饭
	四月八	苗族	纪念古代英雄亚努
四月十五	蝴蝶会	白族	观蝶、跳舞对歌
四月十六	亡人节	回族	纪念抗清英雄杜文秀等
四月十八	西迁节	锡伯族	野餐、摔跤、赛马、射箭
	华佗诞		纪念华佗
四月二十八	药王诞辰		祭祀药王
五月初三至初五	瓦尔俄足节	羌族	祭拜女神、唱经、酬神、祈神、歌舞
五月初五	端午节		
五月十三	关帝诞辰		祭祀关帝
五月二十	龙王庙会		拜祭龙王、赶庙会
五月二十四至二十七	龙舟节	苗族	划龙舟、对歌、吹芦笙
五月二十九	祝著节	瑶族	庆丰收
五月（夏至后的辰、亥日）	庙节	毛南族	祈神、祭三界公、扫房、对歌
六月初二	五谷庙节（莫一大王节）	壮族	祭祀莫一大王

日 期	名 称	民 族	风 俗
六月初六	晒衣节		晒衣、晒书
	林王节	侗族	祭祀林王
	穷节	瑶族	在旧粮用尽、新粮未收，青黄不接时，亲友往来吃喝一顿
	祭田节	布依族、苗族	祭祀五谷神、求丰年
六月初六（各地有异）	花儿会	回、土、藏族	唱花儿、赛歌
六月初十（各地有异）	哈节	京族	唱哈（歌）、祭神、祭祖、斗牛、乡饮
六月十三	火神诞辰		祭祀火神
六月十六	鲁班先师诞辰		祭祀鲁班
六月十八	闹鱼节	苗族	闹鱼、捕鱼、吹芦笙、对歌
六月十九	观音成道日		礼敬观音
六月二十一	查白歌节	布依族	歌会
六月二十四	财神诞		敬财神
	火把节	彝、白、拉祜、纳西等族	点火把、祭祀田公地母、送祟
六月二十四（各地有异）	老人节	朝鲜族	敬老

日　期	名　称	民　族	风　俗
六月二十四前后	苦扎扎（六月节）	哈尼族	杀牛祭神、荡秋千、摔跤、歌舞
七月初一	河灯节	赫哲族、白族	放河灯、祭河神、祭鬼
	族年	土家族	土家族过年
七月初四	杀龙节	侗族	闹江杀龙、捕鱼虾
七月初七	七夕节——中华情侣节		
七月初十至十五	月半节	瑶族	祭祖、欢聚、歌舞
七月十二至九月十五	纳顿节	土族	喜庆丰收、社交游乐、傩舞傩戏
七月十三	吃新节	苗族	吃新谷、对歌、踩塘、跳芦笙舞
七月十五	中元节(鬼节)		祭祖、放河灯
七月十七	茶歌节	侗族	小伙子到姑娘家唱歌取乐，姑娘制茶款待客人
七月二十二至九月十五	七月会	土族	庆丰收
七月二十五	转山节	纳西族	祭祀狮子山
七月三十	九华庙会		水陆法会、讲经、"百子会"
八月初一	天医节		祭黄帝、岐伯
八月初三	灶君诞		祭祀灶君
八月十二	盘古诞辰		祭祀盘古

日　期	名　称	民　族	风　俗
八月十五	中秋节		
八月十五至二十	八月节	仡佬族	迎新谷、杀牛、祭祀
八月十八	潮神生日		祭祀潮神
八月二十七	孔子诞辰拟中华教师节		祭祀孔子
八月（立秋后第五个戊日）	秋社节		祭祀土地神、庆祝丰收
八月（或七月、十月）	丰年节	高山族	祭祀天地、祖先，欢聚
八月下旬至十月上旬的亥日	端节	水族	水族春节
九月初九	重阳节——中华敬老节		
	鹿神节	赫哲族	祭祀虎神
九月十五	女娲娘娘诞		礼敬女娲娘娘
九月十八	观潮节		观潮
九月十九	观音涅槃日		礼敬观音
九月二十七	平安节	瑶族	庆丰收、跳芦笙舞、对歌
十月初一	祭祖节（寒衣节）		上坟烧纸、烧寒衣
	羌族新年	羌族	祭祀祖先、神灵，欢聚
	牛王节	仡佬族	敬牛王
十月初十	双喜节	壮族	婚嫁吉日，多嫁娶

日　期	名　称	民　族	风　俗
十月十五	下元节（水宫大帝诞辰）		祭祀水宫大帝、祭祀炉神
十月十六	盘王节	瑶族	敬奉盘王、歌舞娱乐
	歌堂节	瑶族	唱歌、祭祖
十月	年收扎特勒节	哈尼族	哈尼族新年
立冬或稍后（三五年一次）	依饭节	仫佬族	祭祖、祭神、庆丰收、保平安
十一月初一	冬节	侗族	侗族年节，吃糯米糍粑、荷花酸鱼等
十一月十五	老人节	哈尼族	礼敬老人
十二月初一	灭鼠节	苗族	捕鼠，吃鼠、鼠状糯米粑
十二月初八	腊八节、佛祖成道日		吃腊八粥、礼佛
	大年节	普米族	普米族新年
十二月十五	祭祖节	畲族	祭祖
十二月二十三	祭灶、小年		
	拜火节	蒙古族	祭火
	火神节	鄂温克族	敬火神
十二月二十四	交年节		
十二月二十六至二十九	达努节	瑶族	对歌、走亲访友、放冲天炮
十二月三十	除夕		
	老年节	彝族	祭祀天地神灵、厕神、祖先，团聚

日 期	名 称	民 族	风 俗
十二月三十至正月十五、十六	毛龙节	仡佬族	龙神信仰、竹王崇拜、扎艺、玩技
春节前后（公历1月10日）	卡雀哇节	独龙族	独龙族新年，祭山神、剽牛宴
日期不定	那达慕大会	蒙古族	赛马、摔跤、射箭
日期不定	古伦木沓节	鄂伦春族	崇拜火神、祭祖，娱乐体育
日期不定（数年至十几年一次）	鼓藏节	苗族	招龙、跳铜鼓和踩芦笙
回历三月十二日	圣纪节	回、维吾尔、哈萨克等族	清真寺会礼、诵经
回历十月一日	开斋节	回、维吾尔、哈萨克等族	礼拜、走亲访友
回历十二月十日	古尔邦节	回、维吾尔、哈萨克、柯尔克孜、撒拉、东乡、塔吉克、塔塔尔、保安、乌兹别克等族	清真寺会礼、宰牲献祭

日　期	名　称	民　族	风　俗
藏历 正月一日	藏历新年	藏族	礼佛、团聚、贺年
藏历 七月一日	雪顿节	藏族	吃酸奶、演藏戏
藏历七月六日至十二日	沐浴节	藏族	江河中沐浴
藏历十二月二十九日	驱鬼节	藏族	跳神、扫尘
公历三月二十二	诺劳孜节	柯尔克孜族	庆新年、祭祖、祭神
春季来临之时	引水节和播种节	塔吉克族	破冰引水、耕地播种

说明：

1. 本表"日期"未特别说明的均为农历日期。

2. 少数民族特有的节日，在"民族"栏标注说明。

3. 本书已重点介绍的节日，其"风俗"不再于此表中说明。

图书在版编目(CIP)数据

中华节日／李汉秋，熊静敏，谭绍兵编著.—南昌：百花洲文艺出版社，2009.6

(中华文化丛书)

ISBN 978-7-80742-464-2

Ⅰ.中…　Ⅱ.①李…②熊…③谭…　Ⅲ.节日－风俗习惯－中国　Ⅳ.K892.1

中国版本图书馆CIP数据核字(2009)第039190号

中华文化丛书

中华节日

李汉秋　熊静敏　谭绍兵 编著

出版者：	江西出版集团·百花洲文艺出版社
	(南昌市阳明路310号　邮编：330008)
电　话：	(0791)6894736　　(0791)6894790
网　址：	http://www.bhzwy.com
发行者：	百花洲文艺出版社
印　刷：	江西华奥印务有限责任公司
版　次：	2009年6月第1版第1次印刷
规　格：	860mm×980mm　16开本
印　张：	9.375印张
字　数：	110千字
书　号：	ISBN 978-7-80742-464-2
定　价：	56元

(如印装质量有问题，请与印刷厂联系调换)

电话：(0791) 8368111